AF401245

P. L. JACOB (BIBLIOPHILE)

LA PLUS

ROMANESQUE AVENTURE

DE MA VIE

PARIS

PAUL HENNETON ET Ce ÉDITEURS

9, RUE SAINTE-ANNE, 9

LA PLUS
ROMANESQUE AVENTURE
DE MA VIE

Poissy. — Typ. ARBIEU.

P. L. JACOB (BIBLIOPHILE)

LA PLUS

ROMANESQUE AVENTURE

DE MA VIE

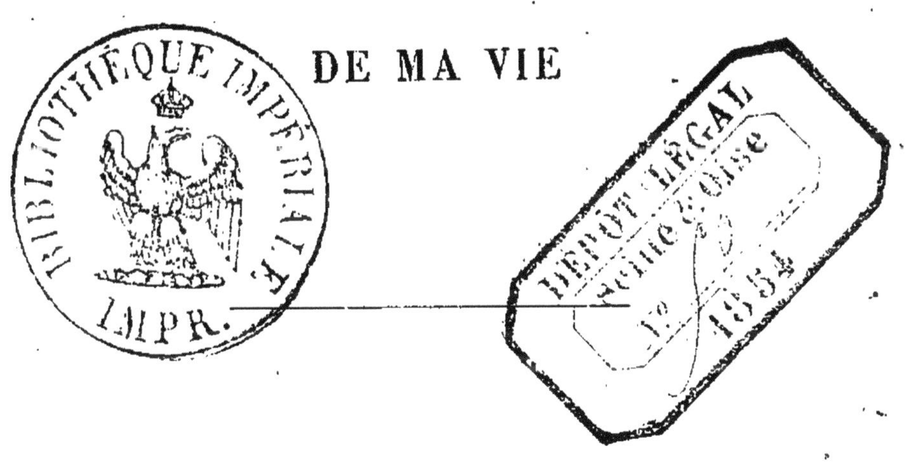

BIBLIOTHÈQUE IMPÉRIALE — IMPR.

DÉPOT LÉGAL — Seine & Oise — 1854

PARIS

PAUL HENNETON ET Cie ÉDITEURS

9, RUE SAINTE-ANNE, 9.

LA PLUS

ROMANESQUE AVENTURE

DE MA VIE

1810

I

Le passage Sainte-Marie.

Il y a quarante-trois ans de cela. J'avais pris un cabriolet à la place des Victoires, et je m'étais fait conduire rue du Bac, au passage Sainte-Marie.

Ce passage, nouvellement ouvert sur l'emplacement du couvent des Filles de Sainte-Marie ou de la Visitation, qui, confisqué et vendu comme propriété nationale, avait changé d'aspect et s'était transformé en habitations séculières ; ce passage se trouvait encore plus isolé, plus tranquille et plus désert qu'il ne l'est aujourd'hui, depuis qu'on l'a fait communiquer avec la rue de Grenelle, et qu'on médite de le transformer en rue, au grand regret de ses paisibles habitants. Ce sont les mêmes, je crois, qu'à l'époque dont je parle, hormis ceux qui sont morts, au nombre desquels il faut compter le savant ami que j'étais allé voir ce soir-là.

Cet ami, ex-bénédictin de Saint-Germain-des-Prés, se nommait dom Ribier : il était presque octogénaire, et, malgré son grand âge, il n'avait ni interrompu, ni ralenti ses travaux d'historien et de bibliographe ; il s'y adonnait, au contraire, avec une ardeur et une activité de jeune homme, que je lui enviais.

Dom Ribier avait passé la plus grande partie de sa vie à recueillir tout ce qui avait été écrit sur la *Danse Macabre* et sur les *Cartes à jouer*, ces deux éternels sujets de dissertation pour

les érudits; je m'en étais aussi occupé quelquefois, et je différais d'opinion avec lui, quant
à l'origine des danses des morts et du jeu des
tarots. Le moyen de mettre d'accord deux sa-
vants ou de soi-disant tels !

Nous avions de fréquentes conférences ensemble et de longues discussions, qui n'ame-
naient pas la moindre fusion entre nos systèmes
opposés ; cependant ces débats d'érudition nous
plaisaient à l'un et à l'autre, quoiqu'ils fussent
souvent mêlés d'aigreur et d'impatience ; nous
y revenions sans cesse avec de nouvelles armes
et un nouvel acharnement.

Le cocher, qui me conduisait, était de la race
pure des cochers de voitures de place, race curieuse, babillarde, *loustique* et sans gêne ; mais
il essaya inutilement de lier conversation avec
moi pendant la route.

Je ne l'écoutais pas et lui répondais à peine ;
je récapitulais tout bas les excellentes raisons
que j'apportais en faveur de l'invention des cartes issues du jeu des *tales* ou osselets de l'antiquité, et je me réjouissais de mettre le trouble
dans les convictions de dom Ribier.

Mon cocher, petit bossu, dont le menton tou-

chait presque au tablier du cabriolet, et dont
la grimace dédaigneuse semblait narguer les
piétons qu'il avait failli écraser, me gardait
rancune de ma muette gravité, et parlait à son
cheval, faute de trouver à qui parler. Par mo-
ments, il me regardait du coin de l'œil et me
toisait d'un air méprisant qui voulait dire :
« Êtes-vous digne de l'honneur qu'on vous fait
en vous adressant la parole ? »

Neuf heures sonnaient lorsque nous entrâ-
mes dans le passage Sainte-Marie, où tout le
monde paraissait couché, tant il était sombre et
silencieux : on n'y avait pas encore placé de
réverbère, et la voie, qui n'avait jamais été
pavée, offrait çà et là des ornières profondes,
creusées par les charrettes qui enlevaient les
matériaux de démolition. Le cabriolet menaçait
de se briser, à chaque cahot qu'il avait à subir
dans ce terrain mouvant et impraticable.

Mon cocher murmura entre ses dents contre
moi qui étais cause du danger que couraient
son cheval et ses roues ; mais il continua d'a-
vancer à tâtons, en longeant le mur de clôture
des jardins dépendant de certains hôtels de la
rue Saint-Dominique.

Je n'étais préoccupé que de la crainte d'arriver trop tard chez dom Ribier, et je cherchais seulement à distinguer si la fenêtre de sa bibliothèque était éclairée : il n'y avait qu'elle qui le fût dans le passage.

— Merci, bourgeois ! me dit le cocher au moment où je m'apprêtais à descendre en cherchant le marchepied. Si *Fifine* n'a pas les jambes cassées et si mes pauvres roues ne sont pas en pièces, ce n'est guère votre faute !

— En effet, repris-je distraitement, le chemin n'est pas des meilleurs, et l'on voit que les voitures de l'Empereur n'y passent point.

— Et elles n'ont pas tort ! les corbillards n'y voudraient pas passer. Où allons-nous, bourgeois ?

— Je vais, moi, dans cette maison, et vous m'attendrez, s'il vous plaît.

— Eh ! que diable ferai-je ici en vous attendant ? Pas l'ombre d'un marchand de vin, pour nous désaltérer, *Fifine !*

— Un peu de résignation, mon ami ; je vous promets un bon pour-boire. Ce que vous avez de mieux à faire, c'est de dormir.

— Et de rêver que je voiture le Trésor dans

mon cabriolet ? Soit, bourgeois, nous dormirons sur la foi du pour-boire.

— Je suis à vous dans une petite heure, et je vous ramènerai où je vous ai pris, mon brave homme.

— C'est moi que vous appelez *mon brave homme* ? D'où savez-vous que je suis un brave homme ? Qui vous l'a dit ?

— Je l'ai vu sur votre figure, cela ne trompe jamais.... Vous ne bougerez pas de là ?

— Où voulez-vous que j'aille, puisqu'il n'y a pas le moindre débit de consolations ? Ah ! que vous avez bien raison de dire que je suis un brave homme ! discret, dévoué, sensible , comme dans les romans de M. Ducray-Dumi-nil.....

— Vous lisez donc des romans, vous ? repris-je en revenant sur mes pas à ce nom de con-naissance.

— Dieu de Dieu ! si nous lisons des romans ! qu'en dis-tu, *Fifine ?* hein ! Je me suis fait co-cher de cabriolet pour avoir le temps d'en lire, et c'est là ma récréation quand le bourgeois me fait attendre.

— La nuit est un peu trop noire, pour que

vous preniez ce soir cette récréation-là ; mais vous pourrez du moins repasser dans votre tête le roman que vous avez lu aujourd'hui.....

— *Cœlina ou l'Enfant du Mystère*. Voilà un joli livre, mystérieux et sentimental !

— C'est dommage qu'il ne soit pas plus vraisemblable? dis-je, en riant du style faux et ampoulé que mon cocher avait en si grande admiration, qu'il lui faisait de fréquents emprunts pour orner son langage.

Dom Ribier, qui ne m'attendait plus et qui se préparait à se mettre au lit, me reçut d'assez mauvaise grâce, et me dit brusquement que dix minutes plus tard j'aurais trouvé sa porte fermée, sa lampe éteinte et sa gouvernante endormie. Il avait flairé les citations et les arguments nouveaux, que j'apportais à l'appui de mon opinion sur l'origine des cartes, et il se sentait d'avance à demi vaincu, sinon convaincu.

Je supportai, sans paraître y faire attention, la première bourrasque de sa méchante humeur, et je tirai de ma poche une longue pancarte où j'avais enregistré les extraits de mes lectures, ainsi que les observations qu'ils me suggéraient.

Il s'agissait de prouver à mon savant et opiniâtre antagoniste, que les tales ou osselets des anciens offraient des marques numérales et des figures de dieux, de déesses et d'animaux ; que ces marques et ces figures furent reportées sur des tableaux (*tabulæ sigillatæ*) et servirent à un jeu moins bruyant que celui des osselets ; que ces tableaux figurés ressemblaient beaucoup aux cartes à jouer, et que le jeu de l'oie, qui en dériva naturellement, présentait d'abord la plupart des sujets qu'on retrouve dans les tarots.

Dom Ribier, qui m'avait écouté d'un air atterré et sombre, ne me laissa pas continuer mon argumentation que soutenaient d'assez bonnes preuves fournies par les écrivains de l'antiquité et par leurs doctes commentateurs ; il m'interrompit avec vivacité en frappant du poing sur la table, sans s'inquiéter de la dispersion de ses papiers qui s'envolaient par toute la chambre.

Il me dit que je n'avais jamais eu qu'une teinture superficielle de la langue grecque, que j'étais d'ailleurs trop passionné pour bien juger de la question à son véritable point de vue, que les osselets n'avaient pu être que des osselets, de même que les cartes n'étaient que des cartes ; à son tour, il cita Ménandre, Aristophane et Plaute, pour détruire les inductions que j'avais cru devoir tirer de certains passages de ces comiques : puis, il en revint, avec plus d'énergie et d'obstination, à démontrer que nos cartes avaient été inventées, sans antécédents analogues, sous le règne de Charles VI.

Je voulus reprendre la discussion et distinguer des tarots les cartes proprement dites ; mais mon adversaire, que mes raisonnements eussent mis bientôt au pied du mur, refusa le combat et prétexta un violent mal de tête, pour s'y soustraire sans être taxé d'en craindre l'issue. Il m'ajourna seulement à la semaine suivante pour entendre mon arrêt, me dit-il, et pour avoir honte de mes imaginations romanesques en matière de cartes à jouer.

— O mon Dieu ! m'écriai-je en allant à la fenêtre que j'ouvris : le feu serait-il quelque part ?

— Le feu ! répéta dom Ribier, qui remarqua

comme moi que le jardin, situé en face de sa maison, était rempli de lumières qu'on promenait çà et là avec des cris confus et inintelligibles. Ah! mes livres, mes livres !

—Votre bibliothèque ne court aucun risque, repartis-je, étonné pourtant de ces appels qu'on échangeait à distance et de ces flambeaux qui erraient sous les arbres : Ce n'est pas le feu, c'est sans doute quelqu'un qu'on cherche.....

— Et l'on a sans doute trouvé ce quelqu'un, car voici les lumières qui s'éloignent et qui disparaissent.....

— Comment ! vous n'êtes pas frappé des rapports qui existent entre les tales et les cartes ? dis-je, en faisant ce que Rabelais appelle *une belle rentrée de piques noires* et en retournant à l'improviste vers l'objet principal de ma visite.

— Il faut que vous soyez bien aveugle ou bien prévenu pour ne pas voir que les cartes sont nées de la démence de Charles VI ?

— Fi donc! Pour l'honneur des cartes, ne vous obstinez pas à défendre cet énorme paradoxe !

— Vous avez une manière de disserter qui décourage et qui fait qu'on vous cède la partie. Bonsoir !

— Vous êtes d'une susceptibilité qui donne une tendance personnelle aux questions les plus générales; mais vous aurez beau dire, mon révérend Père, vous ne me persuaderez pas que les admirables combinaisons du jeu de cartes.....

— Eh ! jeune homme, espérez-vous, de votre côté, me persuader que je suis un ignorant ?

— Je ne dis pas cela, Dieu m'en garde ; mais je veux uniquement vous soumettre le résultat de mes lectures.....

— Et moi, s'il vous plaît, je ne veux rien entendre. Il me suffit de savoir quel était le sentiment du père Menestrier et du père Daniel, qui, tout jésuites qu'ils fussent, égalaient en science les plus illustres bénédictins de la congrégation de Saint-Maur.

— Allons, décidément, vous n'êtes pas d'humeur, ce soir, à vous reconnaître battu : je vous quitte pour ne pas brouiller les cartes.

Dom Ribier ne répondit pas à cette plaisan-

terie et à mon adieu amical ; il était indigné de
l'avantage que je venais de remporter sur lui
dans notre escarmouche archéologique, et il
avait hâte de rester seul avec ses livres pour
leur demander des armes contre mon système
victorieux.

Il ne me reconduisit pas même jusqu'au palier de son appartement, en me disant pour
adieu : *libros volvite semper atque semper*, et
sa vieille gouvernante s'étant couchée aussitôt
après mon arrivée, personne ne m'éclaira pour
descendre l'escalier, où je faillis me rompre le
cou plus d'une fois.

— N'importe, me disais-je gaîment à part
moi ; les cartes sont nées grecques, et j'ai découvert leur extrait de naissance.

Je parvins, non sans peine, à retrouver la
porte de la rue et à sortir de la maison.

La nuit était sans lune et sans étoiles ; il faisait si sombre que je ne distinguai pas d'abord
le cabriolet qui stationnait près du mur oppo-
sé ; j'appelai le cocher qui n'avait pas imaginé
de meilleur moyen, pour passer le temps, que
de s'endormir en ruminant les œuvres de Ducray-Duminil : mon lecteur de romans ne

répondit pas, et son cheval, qui se mit à piaf-
fer, eut l'air de s'impatienter autant que moi
du sommeil de son maître.

Je m'approchai à tâtons, trébuchant à chaque pas.

— Comment, diable ! n'avez-vous pas allu-
mé vos lanternes ? demandai-je au cocher qui
annonçait son réveil par un bâillement.

Un coup de feu partit à si peu de distance,
que je le crus dirigé contre moi et que je
me tâtai en idée pour m'assurer que je n'é-
tais pas blessé. Mais, en m'orientant mieux,
d'après le bruit de l'arme , je ne doutai pas
qu'elle eût été tirée dans le jardin dont j'étais
séparé par une muraille peu élevée.

Le silence profond, qui régnait dans le passage Sainte-Marie et dans les propriétés voisines,
avait rendu plus éclatante la détonation du pistolet ou du fusil que suivirent quelques clameurs
partant du même endroit.

— Ouf ! nous prend-on pour des loups, qu'on
nous donne la chasse ? s'écria le cocher qui
s'était tout à fait éveillé.

— Ce sont sans doute des voleurs qu'on poursuit, repris-je en écoutant des voix dans le jardin. C'est peut-être un suicide !

—Là, là, Fifine, n'ayons pas peur, ma belle ; il n'y a personne de mort, du moins chez nous. Ce n'est pas l'embarras, on se croirait ici dans un coupe-gorge plutôt que dans une rue de Paris. Tudieu ! êtes-vous bien sûr, monsieur, que la balle n'était pas pour vous ?

Je ne prêtais plus l'oreille au verbiage de mon cocher : j'en avais été détourné par le craquement des branches et le frémissement des feuillages, qui attirèrent mon attention vers une partie de la muraille au-dessus de laquelle s'éleva une tête d'homme, puis une espèce de forme humaine que je voyais se mouvoir dans l'obscurité, et qui semblait ramper sur la crête de ce mur.

J'observais, avec étonnement, sans faire un geste ni prononcer une parole, cette étrange apparition que la nuit m'empêchait de reconnaître et qui me fit supposer d'abord que je devais m'opposer à la fuite d'un malfaiteur. Mais cet individu, qui portait dans ses bras un fardeau enveloppé de linge, cherchait sur la surface du mur quelques saillies propres à faciliter sa descente. Il eut bientôt pris son parti, et il se laissa glisser jusqu'à terre, en se cramponnant d'une main à la crête du mur qui n'avait pas plus de huit pieds d'élévation.

J'entendis le frottement de ses habits contre les pierres et le bruit de sa chute accompagné de fragments de maçonnerie qu'il entraînait avec lui. Je ne le voyais plus et je pensais qu'il était déjà loin, lorsqu'il reparut, debout sur le marchepied du cabriolet, et s'efforçant de lever le tablier pour se jeter dans la voiture.

— Hé ! ne vous gênez pas ! s'écria le cocher qui le repoussait avec force, sans pouvoir lui faire quitter le marchepied.

—Deux louis pour vous ! murmura cet homme, persistant dans son projet d'envahir le cabriolet.

— Il n'y a pas de napoléons qui tiennent ! reprit le cocher irrité de cette persévérance. Je vous prie de descendre, une fois, deux fois.....

— Au nom du ciel ! conduisez-moi ! répliquait avec désespoir le quidam qui ne m'avait pas encore aperçu assis dans le fond du cabriolet.

— Vous voyez bien, lui dis-je alors avec une politesse et même une bienveillance dont j'au-

rais été fort en peine d'expliquer les motifs ;
vous voyez bien, monsieur, que ce cabriolet est
pris, puisque je l'occupe.

Il était si peu préparé à entendre une autre
voix que celle du cocher, qu'il fit un soubresaut
et faillit tomber en arrière.

En ce moment, il se tourna vis-à-vis de moi,
et malgré l'épaisseur de la nuit, je pus distinguer ses traits qui étaient bouleversés, mais qui
me parurent nobles et intéressants. Ses yeux
hagards, dans lesquels brillaient quelques larmes, rencontrèrent les miens avec une expression indéfinissable de confiance et de prière.

Quoique je l'eusse vu passer par-dessus le
mur comme un voleur ; quoique son trouble et
son émotion fussent encore visibles, quoiqu'il
y eût même quelque caractère étrange et fatal
dans sa physionomie triste, dans sa pâleur,
dans ses sourcils froncés, dans ses longs che-
veux noirs flottants, et dans sa barbe également
noire qui encadrait d'une oreille à l'autre son
visage maigre et fatigué, je ne songeai pas un
moment que cet inconnu pût être poursuivi à
cause d'un crime, et je me sentis, au contraire,
par instinct ou par sympathie, fort bien dispo-

sé en sa faveur, sans m'être demandé quelle était sa situation réelle dans la circonstance présente et sous des apparences si équivoques.

— Ah! monsieur, je vous conjure, cédez-moi ce cabriolet! me dit-il brusquement avec un accent suppliant et impérieux à la fois.

— Mais, monsieur! répondis-je déjà prêt à y consentir.

— En voilà une forte! s'écria le cocher en éclatant de rire; ôte-toi de là que je m'y mette!

— Monsieur, il le faut, reprit cet homme qui redoublait d'instance. Vous me sauverez la vie!...

— En vérité, monsieur! dis-je en me levant pour descendre, subjugué que j'étais par une sorte de violence morale; ceci ressemble à une gageure que vous auriez faite de me prendre ma place?

— Holà! eh! Monsieur est trop bon! grommela le cocher, auprès duquel l'inconnu venait de s'asseoir à la place que j'abandonnais machinalement. Mais, est-ce vous qui me paierez? ajouta-t-il en s'adressant à mon remplaçant qui avait saisi les rênes du cheval dans les mains du cocher: il y a deux heures que je marche.

— Deux louis ! te dis-je, reprit l'homme qui s'était emparé de la direction de la voiture : je n'ai pas davantage.

— Eh ! monsieur, renvoyez-moi la voiture ? lui criai-je pendant qu'elle s'éloignait ; je l'attends ici ?

— Il paraît que nous n'allons pas loin, mon bourgeois, me cria le cocher, à son tour, en se penchant hors du cabriolet. Patientez un peu, et Fifine ne s'amusera pas en route. Hue ! Fifine ! il s'agit de bien gagner nos deux napoléons.

II

Une alerte.

Le cabriolet était sorti du passage et je l'entendis s'éloigner dans la rue du Bac, du côté de la rivière ; mais le bruit des roues et le trot du cheval se confondirent bientôt avec d'autres bruits de voitures et de chevaux.

Toute cette scène s'était passée tellement à l'improviste et avec tant de promptitude, que je n'avais pas eu le temps de réfléchir à l'embarras où j'allais me trouver, seul dans ce passage désert, à l'endroit même où ce diable d'homme avait escaladé la muraille en s'enfuyant.

Les lumières et les voix, en effet, s'étaient rapprochées dans le jardin dont cette muraille me séparait, et les premiers mots que je distinguai m'apprirent qu'on était à la poursuite de quelqu'un.

— Êtes-vous bien sûr qu'il ne soit plus dans le jardin? disait celui que son ton ferme et impératif annonçait être le maître parlant à ses domestiques.

— Nous avons battu chaque buisson, répondit un autre avec la timidité d'un valet qui se voit en faute.

— J'ai cru que le coup de fusil de monsieur le baron l'avait atteint, dit un autre qui voulait louer l'adresse du tireur.

— Oui, Pierre a raison, ma foi, ajouta le précédent; quand le coup est parti, cet homme a eu l'air de tomber derrière ce taillis...

— Par malheur, ma carabine n'était chargée qu'à plomb! reprit le maître de la maison.

— Eh bien! l'avez-vous arrêté, ce scélérat? cria d'une voix tremblante un nouvel interlocuteur qui venait rejoindre les autres.

— Non, monsieur le baron, il s'est enfui; je ne sais pas comment ni de quel côté, répondit celui qui avait parlé le premier.

— Ah! il s'est enfui! murmura celui qui devait être le plus âgé de tous; pourvu qu'il ne soit pas caché dans l'hôtel!

— Plût à Dieu qu'il y fût encore! On pourrait le livrer à la justice et découvrir ses complices. Le temps leur a manqué pour exécuter le vol qu'ils avaient projeté. Ils n'ont rien volé, n'est-ce pas?

— Ils n'ont pas même pénétré dans mon cabinet; la serrure de mon coffre-fort est intacte.

— Nous recommencerons à visiter la maison, quand le commissaire sera venu avec la gendarmerie.

— C'est par ici qu'il a passé! cria tout à coup un domestique; voyez ces feuilles tombées et ces branches rompues...

— Il est monté sur l'arbre, ajouta le second

domestique, et de là, il s'est sauvé par le passage Sainte-Marie.

— Courons dans le passage, dit le maître en montrant le chemin à ses valets. Avez-vous la clef de la petite porte ?

— Elle est ouverte ! s'écria le premier qui arriva devant cette porte communiquant avec le passage.

— Ouverte ! répéta le maître. C'est par là que se sont introduits les voleurs ! Mon père, rentrez à l'hôtel, ne nous suivez pas, vous gênez nos recherches ; d'ailleurs vous avez besoin de vous remettre de votre effroi. Retournez auprès de ma sœur, et rassurez-la. Envoyez-nous seulement le commissaire de police.

Le jeune homme après avoir ainsi congédié son père, dont la présence pouvait être un obstacle et un embarras dans le cas d'une lutte avec des malfaiteurs, vérifia par lui-même que la petite porte s'était trouvée ouverte, et il descendit par là dans le passage, avec trois grands domestiques en livrée, portant des flambeaux et armés de couteaux de cuisine.

J'étais encore immobile à la même place, assez peu édifié de ce que je venais d'entendre et me reprochant tout bas d'avoir favorisé l'évasion d'un voleur ou d'un assassin ; cependant il y avait encore en moi une prévention instinctive qui luttait contre les faits, et qui refusait d'admettre la culpabilité possible du personnage à qui j'avais prêté si complaisamment mon cabriolet. J'étais à tel point porté à juger en bonne part cet individu que je ne connaissais pas, et contre lequel toutes les apparences se réunissaient en un poids accablant, que j'aurais juré de son innocence, s'il n'eût pas été chargé de certain paquet accusateur, qui avait l'air de provenir d'un vol, tant il semblait pressé de le mettre en sûreté.

— Au voleur ! au voleur ! crièrent les domestiques, en me voyant arrêté près du mur, comme si j'étais posté là pour attendre le mot d'ordre de mes complices ou pour recevoir ma part du butin.

— En voilà toujours un de ces brigands ! dit le maître qui s'était précipité sur moi, et qui me tenait par le collet.

— Aïe ! pour qui diable me prenez-vous ? dis-je tout étourdi de cette attaque discourtoise.

— Je te prends pour ce que tu es, coquin !
Tu paieras pour les autres ! Ne bouge pas ou
je te tue !

En proférant cette menace avec l'exaltation
d'un homme qui se croit dans une circonstance
grave et décisive, il me mettait sous le menton
le canon de son fusil que je savais déchargé, ce
qui me rassura contre les hasards d'une mala-
dresse et d'un malentendu.

Les trois gaillards, qui m'avaient attiré cette
rude et désagréable agression, en criant : Au
voleur ! ne criaient plus, parce qu'ils me re-
gardaient comme pris, mais ils faisaient autour de moi beaucoup de gestes et de démons-
trations hostiles, en faisant briller leurs couteaux devant mes yeux. Ces drôles-là étaient
à moitié ivres, et d'ailleurs ils se sentaient dans
leur for-intérieur plus ou moins répréhensibles
à divers égards : ils avaient donc intérêt à faire
retomber sur moi seul tous les torts de leur né-
gligence qui s'était faite complice de cette pré-
tendue tentative de vol.

— Monsieur, regardez-moi ! dis-je à mon antagoniste, d'un air et d'un ton capables de dé-

truire tous les soupçons : vous aurez honte de votre méprise.

— En effet, à vous voir, reprit le jeune homme qui m'avait saisi au collet, on ne croirait jamais.....

— Vous êtes excusable, puisque vous ne me connaissez pas ; mais vous saurez qui je suis...

—Vous vous expliquerez avec le commissaire de police ; quant à moi, je vous arrête !

— C'est une plaisanterie ?

— Non, c'est très-sérieux. Vous avez une figure honnête, j'en conviens, mais un voleur peut ressembler si parfaitement à un homme d'honneur..... Au reste, je souhaite de grand cœur qu'on ne vous trouve pas coupable.

— Coupable ? Quoi ! vous persistez dans cette ridicule idée ?

— Ne le lâchez pas, monsieur le baron ! criaient les valets qui me menaçaient toujours de leurs coutelas.

— N'ayez pas peur, repris-je tranquillement, je n'ai pas envie de partir, avant que mon cabriolet soit revenu.

Ces paroles, prononcées avec calme et simplicité, produisirent plus d'effet que mes protestations n'auraient pu le faire sur l'esprit du baron qui cessa de me retenir de force et qui, m'ayant examiné des pieds à la tête, comprit qu'il s'était grossièrement trompé sur mon compte. Néanmoins, comme les domestiques s'obstinaient à me reconnaître pour l'individu qui avait pénétré dans l'hôtel, sans doute avec l'intention de voler, le jeune maître de l'hôtel se crut autorisé à m'interroger, aux lieu et place du commissaire de police.

— Je veux bien que vous ne soyez pas un voleur, me dit-il en observant si je changerais de visage.

— Je vous remercie de me juger moins mal que tout à l'heure, répondis-je gaîment.

— Cependant vous pouviez être un complice de l'homme que j'ai poursuivi et sur lequel j'ai tiré.....

— Vous ne l'avez pas tué ?

— Apparemment, puisque nous ne l'avons plus retrouvé. J'admets donc, monsieur, que vous êtes étranger à tout ce qui s'est passé...

— Oh ! absolument étranger.

— Mais enfin, vous étiez dans le passage,

lorsque cet homme s'est évadé par-dessus le mur, ou par cette porte...

— Vous dites que l'on n'a rien volé ? interrompis-je, déjà déterminé à ne rien dire de ce que j'avais vu.

— On n'a pas volé, c'est vrai, mais on aurait volé, si nous n'étions pas revenus de l'Opéra, une heure avant la fin du spectacle.

— Êtes-vous certain qu'on en voulait à votre bourse ?

— Pourquoi faire s'introduit-on la nuit dans une maison, à l'aide de fausses clefs ou par escalade ?

— Vous me posez une question délicate..... Si l'on vous avait volé, si un crime eût été commis...

— Voilà maintenant que vous excusez les voleurs ! Je ne vous lâche pas jusqu'à l'arrivée du commissaire.

— Je ne demande pas non plus à m'en aller jusqu'à l'arrivée de mon cabriolet.

— Quel cabriolet ?

— Eh ! mon Dieu ! un cabriolet comme tous les cabriolets de place... J'ai fait visite dans cette maison, ajoutai-je en désignant celle où demeurait dom Ribier, et je pensais trouver en bas la voiture qui devait venir me chercher..... Elle ne tardera pas sans doute...

— C'est dans cette maison, dites-vous, que vous avez passé la soirée ?... Mais vous étiez là quand le voleur ou un des voleurs s'est échappé..... Tenez, on voit encore les traces de sa fuite.....

— Il a détaché ces platras en s'accrochant au mur, dit un domestique qui les avait ramassés comme pièces de conviction.

— Il était blessé, dit un autre domestique ; car ce sont bien là des gouttes de sang...

— Blessé ! repartis-je en m'affermissant dans la résolution de garder mon secret, quel que fût d'ailleurs le personnage que concernait ce secret. Si c'est un malfaiteur, il est assez puni !

— Oh ! je ne m'apitoie pas ainsi sur les malfaiteurs, et je veux le retrouver pour le faire pendre.....

— On ne pend plus, monsieur ! repris-je froidement.

— Mais enfin, monsieur ! répliqua le jeune homme en rougissant de la leçon indirecte que j'avais donnée à sa dureté. Puisque vous étiez ici, vous avez vu, vous devez avoir vu...

— Je n'ai pas vu l'ombre d'un voleur ! répondis-je, convaincu que je défendais la cause d'un innocent.

— Quoi ! on a pu sauter du haut de ce mur, arracher ces fragments de maçonnerie, sans que vous y ayez pris garde !...

— J'étais distrait peut-être, ou plutôt je n'ai rien remarqué d'extraordinaire.....

— Cela est étonnant, très-étonnant ! dit sèchement le jeune homme qui m'examina de nouveau avec défiance.

— Sont-ce les cartes ou les osselets qui vous empêchent de dormir ! criai-je à dom Ribier que les cris et les lumières avaient attiré à sa fenêtre et qui me fournit un prétexte de laisser sans réponse les questions assez embarrassantes que m'adressait mon tenace interrogateur.

— Comment ! c'est vous, mon ami ! repartit le bénédictin à qui sa mauvaise vue n'avait pas permis de me reconnaître. Eh ! que faites-vous donc là ? Je vous croyais bien loin, depuis longtemps...

— Depuis dix minutes..... Je ruminais, en

m'en allant, un argument sans réplique en faveur des tales, ces véritables *tabulæ sigillatæ*,
tableaux peints ou figurés qui ont produit le
jeu de cartes.

— Mais que se passe-t-il? vous parliez de
voleurs, de vol, d'escalade.....

— C'est moi qu'on a failli arrêter et mener
en prison comme complice de ces voleurs imaginaires.

— Vous, mon cher M. Jacob ! dit en riant
dom Ribier. Faut-il que j'aille vous réclamer ?

— C'est inutile, monsieur, reprit le jeune
homme confus et irrité de sa méprise. Je vois
bien maintenant à qui j'ai affaire... Mais je me
serais aperçu tout de suite de mon erreur, si
monsieur ne l'avait pas en quelque sorte en-
couragée.... pour se divertir... M. Jacob... je
crois ?

— Oui, monsieur, pour vous servir, dis-je
en m'inclinant sans pouvoir retenir un demi-
sourire sarcastique.

— Vous riez, monsieur ? répliqua-t-il aigre-
ment : nous avons failli être volés, peut-être
assassinés ; mon père s'est trouvé face à face
avec un des malfaiteurs et l'effroi seul pouvait

le tuer ; ma sœur n'est pas encore remise de sa frayeur, mais les coupables se sont enfuis, et vous les avez vus sans vous opposer à leur fuite..... Cela, en effet, est très-risible !

— Je reviendrai demain, mon ami , criai-je à dom Ribier, en voyant le cabriolet reparaître à l'entrée du passage. Je vous défie de découvrir dans les auteurs du temps de Charles VI un seul mot sur l'invention des cartes à jouer.

— Remontez donc un moment, mon cher monsieur Jacob, répondit le bon bénédictin qui sentait se ranimer en lui l'ardeur de la discussion : je vous montrerai un extrait des registres de la Chambre des Comptes de Paris...

— Demain, demain, vous dis-je, nous viderons nos poches toutes pleines d'arguments et de citations : je soutiendrai, *unguibus et rostro,* que les cartes à jouer ne sont que des tales ou osselets peints représentant des figures de dieux et de déesses, comme on le voit dans Aristophane et dans Plaute. N'est-ce pas votre avis, monsieur ? demandai-je vivement à mon voisin qui me regardait et m'écoutait avec autant de surprise que de dédain.

— Je connais cet original-là, se disait-il en

cherchant à mettre un nom sur ma figure. Ah !
je me souviens, M. Jacob, bibliothécaire, bi-
bliomane, biblio.....

— Bibliophile. C'est un sobriquet qu'on m'a
donné et que j'ai pris très-volontiers.

— J'ai beaucoup entendu parler de vous,
monsieur, en Italie, lorsque j'étais préfet du
département de Montenotte.

— M. de Saint-Allèze ? repartis-je, faisant
signe à mon cocher de cabriolet de rester à distance.

— Justement, monsieur ; j'étais dans ma
préfecture, lors de votre voyage en Italie, mais
mon père habitait Rome, et il eut l'honneur
de vous recevoir chez lui. Oh ! il ne vous a pas
oublié !

— Je n'oublie pas non plus les bontés que
M. le comte de Saint-Allèze a eues pour moi.
Vous avez eu récemment de ses nouvelles ? il
est toujours en bonne santé ?

— Mais il n'habite plus Rome... Depuis que
j'ai quitté l'administration, il est ici.

— En vérité, je serai charmé de me retrouver avec lui. Comment ai-je pu ignorer son retour ?

— Nous vivons très-retirés depuis deux ans. Nous ne voyons personne.... Ma retraite de l'administration et la mort de mon beau-frère ont amené bien des changements dans la maison de mon père !

— Quoi ! votre aimable sœur est mariée et déjà veuve?

— Veuve après six mois de mariage. J'étais encore préfet, lorsque vous avez terminé votre voyage d'Italie.....

—Monsieur votre père et le respectable M. Seroux d'Agincourt voulaient que je me fixasse à Rome auprès d'eux, et j'en avais grande envie, mais on m'annonça de Paris que la maison où je logeais avec mes livres devait être démolie pour un alignement, et il me fallut venir en aide à ma bibliothèque..... Vous m'avez mis là sur un sujet qui ne finirait pas..... Pardon de ma distraction !.... C'est chez M. le comte de Saint-Allèze, qu'a eu lieu cette tentative de vol ?

— Ou d'assassinat, monsieur, ajouta-t-il en me tirant à part. Depuis que je suis sorti de l'administration, j'ai pu juger combien je m'étais fait d'ennemis par ma conduite énergique..... J'ai eu affaire aux francs-maçons......

— C'est vous, mon bourgeois, qui m'avez pris à l'heure, place des Victoires ? me cria de loin le cocher qui avait la curiosité de se mêler à notre conversation et qui faisait avancer son cheval malgré l'ordre contraire que je renouvelais par signes.

— Oûi, c'est moi, attendez, répondis-je avec un geste d'impatience. Vous voyez bien que je suis en affaire ?

— Tenez, monsieur, continua le baron de Saint-Allèze, plus j'y réfléchis, plus je pense que c'est à moi qu'on en voulait.

— Je vous conseille de ne pas ébruiter ce qui s'est passé, interrompis-je en prenant congé de lui : c'est plus sage et plus prudent... Nous en reparlerons, si vous le voulez bien... Demain, j'aurai l'honneur de me présenter chez monsieur votre père.

— Il vous reverra, monsieur, avec le plus grand plaisir : je vous salue de tout mon cœur.

— Bonsoir, monsieur! je vous recommande encore le silence.

Le cocher se préparait à descendre de son cabriolet, et à venir familièrement s'immiscer dans un entretien où il croyait aussi avoir son mot à dire, lorsque je remontai dans sa voiture, en lui donnant ordre de me conduire chez moi au Marais.

Je vis avec satisfaction que le baron de Saint-Allèze suivait mon conseil et rentrait dans le jardin de l'hôtel avec ses domestiques qui avaient éteint leurs flambeaux. Dom Ribier restait toujours à sa fenêtre, et m'adressait des questions que la distance m'empêchait d'entendre et auxquelles je me dispensai de répondre en lui disant adieu avec la main.

Je m'étais tapi dans mon coin, et comme ramassé sur moi-même, pour faire semblant de m'endormir, et pour échapper ainsi à l'inquisition du cocher.

Celui-ci, qui était en veine de parler plus qu'à l'ordinaire, parut très-dépité de la contenance recueillie que j'avais prise.

— Monsieur ne me demande pas ce que j'ai fait de ma pratique ? dit-il narquoisement.

— J'espère qu'on vous a bien payé, répliquai-je d'un air indifférent : c'est tout ce que je demande.

— Bien payé ! s'écria-t-il en me montrant

deux pièces d'or, qu'il serrait dans sa main :
rien que ça !

— C'est payer en maréchal de France, dis-je
tout préoccupé de cette aventure singulière et
mystérieuse.

— C'est trop payer, reprit le cocher jouant
le désintéressement. Ça valait cinq francs, parole d'honneur, mais on ne peut faire aux gens
l'impolitesse de refuser... Deux napoléons, c'est
joli, pour aller du passage Sainte-Marie à l'entrée de la rue de Poitiers? une centaine de
tours de roue et dix coups de fouet à Fifine.
Va, Fifine, tu auras double picotin !

Je n'avais garde de fermer les oreilles, si je
fermais les yeux, et je recueillis précieusement
l'indication que me fournissait à son insu l'indiscret cocher qui ne souhaitait d'ailleurs que
d'être interrogé pour donner carrière à sa langue.

C'était donc à l'entrée de la rue de Poitiers
qu'il avait amené l'inconnu; c'était pour prix
de cette course, qu'il avait reçu deux pièces
d'or. Je m'avouai tout bas qu'un voleur seul
pouvait se permettre cet excès de générosité.

Je faisais mes réflexions à part moi, et je n'en

laissais rien deviner au cocher qui s'étonnait de mon insouciance et qui ne se l'expliqua qu'en me supposant d'intelligence avec le personnage auquel j'avais cédé si obligeamment ma place dans le cabriolet. Il en augura que je le paierais aussi généreusement que cet étranger qu'il qualifiait déjà de *votre ami*, et pour gagner d'avance son argent, il fît beaucoup de frais inutiles en paroles, en sourires et en grimaces.

Je voulais détourner son attention et sa curiosité d'une aventure où le hasard lui avait donné un rôle ainsi qu'à moi. Je n'étais mû en cela, que par une sorte de pressentiment, et je me disais que cet homme, qui m'avait conjuré de lui sauver la vie, avait besoin de ne pas être recherché; car il était sans doute plus malheureux que coupable. J'avoue que, voulant à tout prix le rendre intéressant à mes yeux, je lui sacrifiai la vertu de la fille du comte de Saint-Allèze, et j'en fis un amant de cette dame que j'avais vue souvent à Rome avant son mariage.

Mais la peine que je me donnais pour affaiblir et arrêter les soupçons du cocher ne servait qu'à les étendre et à les fortifier : ma réserve piquait au jeu son indiscrétion, et à défaut d'autres renseignements, il commentait à sa manière les circonstances dont il avait été témoin.

Je feignais d'être assoupi et de ne rien entendre de ce monologue incessant, lorsqu'enfin je dus feindre de m'éveiller pour ne pas me laisser envelopper dans les suppositions compromettantes de mon compagnon de route.

— Je gage, monsieur, que vous le connaissez ce particulier ! disait-il en approchant son visage du mien pour s'assurer si je dormais réellement. Bien sûr, vous le connaissiez, n'est-ce pas ? car vous n'auriez pas été assez bon garçon pour souffrir qu'il vous prît votre place ? Sacrebleu ! si je n'avais pas vu ça tout de suite.....

— Vu quoi ? répliquai-je, en bâillant et en me détirant les bras, comme si je n'eusse fait que de m'éveiller.

— Vu que ce monsieur à barbe et vous, ma foi ! vous étiez une paire d'amis.

— Quel monsieur à barbe ? répondis-je feignant de ne pas comprendre : ce vieillard qui me parlait de sa fenêtre ? il n'a pas plus de barbe que moi ; vous l'avez mal vu, à cause de l'éloignement et de la nuit.

— Eh! non, je parle de ce grand gaillard qui nous est arrivé par-dessus le mur et qui m'a payé en or.

— Ah! je ne l'aurais jamais reconnu au portrait que vous en faites : il est de petite taille et il porte moustaches...

— Vous nommez ça des moustaches; je nomme ça de la barbe, et une fameuse encore, un vrai sapeur, quoi!

— J'ai eu le mot de l'énigme, repris-je cherchant le premier conte que mon imagination pût inventer.

— Ah! contez-moi ça, s'il vous plaît! je suis muet comme un cabriolet, je vois tout, j'entends tout, mais chut.

— Je compte aussi sur votre discrétion. Il s'agit d'une affaire d'amourette...

— Je l'aurais parié, et à coup sûr, ce barbu-là n'est pas le mari? s'écria-t-il enchanté de cette boutade.

— Ce n'est jamais le mari dans ces sortes d'affaires, dis-je en riant aussi; et comme ce mari n'est ni vous ni moi.....

— Merci!... Notre homme sortait de l'hôtel

de madame de Prinsardière, une baronne de l'ancien régime?

— Apparemment; mais il faut bien nous garder d'ouvrir la bouche là-dessus.

— Le marchand de vin, du coin de la rue Saint-Dominique, m'a bien renseigné, le temps de boire un canon, quoi!

— Vous avez déjà parlé de cela chez un marchand de vin! interrompis-je, désespérant du secret que j'avais à cœur de garder sans savoir pourquoi : vous nous mettez tous dans un bel embarras!

— Plus souvent, mon bourgeois! repartit le cocher d'un ton d'importance. Chez les marchands de vin, je n'ai pas de langue, si ce n'est pour flûter le rouge à douze, n'est-ce pas, Fifine? Je ne flâne jamais autour du comptoir, comme un fainéant. Mais fallait bien allumer mes lanternes, et en buvant un canon, j'ai dit seulement au marchand de vin, qui n'y entendait pas malice, le pauvre cher homme : « C'est pas votre pratique, le maître de cette jolie hôtel à côté? — D'abord, qu'il a répondu, le maître de cette jolie hôtel, c'est madame de la Prinsardière, une sacrée... » Excusez le compliment, ce n'est pas moi qui l'ai fait. « Si tous ses amoureux, qu'il a ajouté, donnaient sur mes tonneaux, ils pourraient vider ma cave avant la vendange. — Diable! que j'ai dit alors en tirant ma révérence, c'est donc un nid d'amoureux que l'hôtel de cette dame-là. »

— Bien! interrompis-je gravement, je vois que vous n'avez pas trop parlé. Tant mieux pour vous, mon cher!

— Tant mieux pour moi? est-ce qu'on peut empêcher les gens de parler?

— Si vous aviez eu le malheur de raconter ce que vous savez, on vous aurait mis demain en prison.....

— En prison! s'écria le cocher stupéfait et incrédule.

— Oui, mon brave, en prison, car la personne qui sortait de l'hôtel de madame de la Prinsardière.....

— Et à qui vous avez cédé votre place dans mon cabriolet, à telle enseigne que vous êtes... bon enfant?

— C'était!..... dis-je, en hésitant pour faire choix d'un nom capable de justifier mon asser-tion.

— C'était?... M. Ducray-Duminil peut-être, ou M. Rétif de la Bretonne?

— Vous n'y êtes pas! Les auteurs de romans font passer les gens par-dessus les murs de quinze à vingt pieds, mais quant à eux ils ne passeraient pas par-dessus une haie.

— Bah! je cherche qui était ce particulier, comme si je pouvais le deviner! Fifine en sait autant que moi.....

— C'était le ministre de la police, dis-je mystérieusement en baissant la voix et en branlant la tête.

— Dieu de Dieu! s'écria le cocher, qui, frappant du poing sur le tablier du cabriolet avec la main qui serrait les guides, imprima une violente secousse à son cheval et le fit partir au grand trot. Fifine, là, là, ma fille! dit-il en modérant l'élan inusité de cette pacifique bête : elle est, je crois, aussi étonnée que son maître!

— Vous comprenez maintenant pourquoi j'ai laissé le ministre monter dans le cabriolet à ma place?

— Ça se comprend de reste!... Dieu de Dieu! dire que le ministre de la police était là, tout à l'heure, auprès de moi, comme vous êtes !

— Vous comprenez que vous avez à garder un secret... d'État !

— N'ayez pas peur; il est en bonne main, on secret et celui de madame de la Prinsardière !

— Quant à moi, je viendrais à rencontrer le ministre, certes, je ne lui rappellerais pas l'aventure; et même, s'il m'en parlait le premier, je ferais semblant de ne pas entendre. Car c'est un homme terrible que le ministre de la police !

— Terrible ! répéta le cocher que ma révélation factice avait jeté dans une longue série de pensées soucieuses.

Je riais sous cape de l'étrange rôle que j'avais imposé à Fouché, duc d'Otrante, en le faisant amant d'une femme qu'il n'avait probablement jamais vue.

Cette idée extravagante m'était venue tout à coup à l'esprit, pour prévenir les indiscrétions du cocher qui se trouvait mêlé à une aventure encore inexplicable pour moi; je ne m'étais donc fait aucun scrupule d'ajouter une galan-

terie à toutes celles que le duc d'Otrante pouvait avoir sur la conscience, et je me promis
de l'égayer lui-même par le récit de cette anec-
dote, dès que je serais sûr de ne compromettre
personne.

Le goût général qui existait alors pour les
mystifications, doit excuser ce qu'il y avait de
léger et d'imprudent en ma conduite. Cette fa-
cétie me suggéra mille inductions bouffonnes
et divertissantes qui faillirent m'arracher un
éclat de rire.

— C'était bien le ministre de la police, dit le
cocher sortant de ses réflexions : je l'ai reconnu.

— Ah! vous l'avez reconnu? repris-je en
m'amusant moi-même de la mystification.

— Mais pourquoi, diantre! se sauvait-il par-
dessus le mur?

— Madame de la Prinsardière n'a pas de
mari : elle a des amants, et de là des rivalités.

— Ce n'est pas une raison pour s'enfuir
comme un voleur. Dieu de Dieu! je ne suis pas
ministre de la police, mais si...

— Ne parlez pas si haut... On vous entendra
et vous irez coucher en prison.

— Et puis ce coup de fusil ou de pistolet?

Le ministre de la police était blessé... Tenez, voyez-vous son sang?

— Raison de plus pour ne rien dire : on vous enverrait à Bicêtre, sans forme de procès.

— Et puis ce paquet de linge qu'il portait dans ses bras? c'est drôle, tout de même, pour un ministre de la police.

— Vraiment, il portait un paquet? je ne l'ai pas remarqué.

— Un gros paquet qui renfermait quelque chose de fragile ; car il le tenait avec une fière précaution.

— Vous ne devinez pas que c'était son habit brodé de ministre?

— Comme vous devinez, vous! c'est ça... Mais il avait du chagrin, il pleurait !

— Non, vous vous trompez : un ministre de la police ne pleure jamais !

J'étais arrivé à mon domicile et délivré de la peine de mystifier plus longtemps ce bonhomme qui aurait fini par déconcerter mes plus ingénieux mensonges. Je lui recommandai encore d'être discret, et lui souhaitai bonne chance, en lui mettant dans la main un écu de six livres.

Je rentrai chez moi, et le laissai vérifiant, à la clarté de la lanterne du cabriolet, le métal de la pièce qui témoignait de la médiocrité de ma bourse.

— Dieu de Dieu! murmura-t-il, on voit bien que celui-là n'est pas ministre!

III

L'enquête.

Je fus vivement préoccupé, toute la nuit, de l'aventure du passage Sainte-Marie, et je cherchai inutilement à m'expliquer les faits qui étaient venus à ma connaissance, en les comparant avec ceux dont j'avais été témoin.

Je finis pourtant par me reprocher la conduite que j'avais tenue et la protection que j'avais accordée à un homme, dont les intentions ne ressortaient pas parfaitement pures et non équivoques de l'examen impartial de l'événement. Cet homme, en effet, franchissant un mur pour s'enfuir d'une maison où il était entré on ne savait dans quel dessein, ressemblait autant à un voleur qu'à un amant, et j'accusai mon imagination de s'être trop vite attachée à l'intérêt romanesque de cette aventure, d'avoir défendu et justifié un individu contre les apparences les plus défavorables et d'être seule cause de la position difficile dans laquelle j'allais me trouver vis-à-vis du comte de Saint-Allèze.

Je croyais pourtant n'avoir rien à redouter de l'indiscrétion du cocher de cabriolet, après la belle peur que je lui avais faite du ministre de la police.

Je me décidai enfin à me rendre chez le comte de Saint-Allèze, non pour lui avouer le rôle que j'avais joué par irréflexion (j'eusse été trop honteux de me montrer complice d'un malfaiteur), mais pour apprendre au juste ce qui s'était passé la veille.

Tout ce que je pouvais me dire d'ailleurs de contraire au personnage qui me devait son salut, ne parvenait pas à détruire cet intérêt qu'il m'avait inspiré dès le premier moment. Plus je le décriais et le condamnais dans mon esprit, plus était forte et imposante la voix qui s'élevait en moi pour proclamer son innocence. Jamais je ne m'étais senti plus dominé par le pressentiment, par la conscience de la vérité.

Je n'eus pas même le souvenir du bon Père Ribier qui m'attendait, entouré de ses livres, pour vider entre nous la grande querelle érudite de l'origine des cartes à jouer.

Quand j'arrivai à l'hôtel du comte de Saint-Allèze, tout y était en désordre et en émoi. La porte de la rue était fermée aux verrous, et je ne l'aurais pas fait ouvrir, en frappant à tour de bras, si l'un des domestiques, qui avait assisté la veille dans le passage Sainte-Marie, à ma conférence avec le fils de son maître, n'eût pas reconnu ma voix. Il me pria de prendre patience un instant, et il revint bientôt après, autorisé à m'introduire.

Aussitôt que j'eus mis le pied dans la cour et que j'entendis refermer la porte derrière moi, je me repentis d'avoir insisté pour entrer et je me crus prisonnier.

On dressait procès-verbal de l'événement de la veille, et l'on verbalisait, en visitant l'hôtel, de la cave au grenier. Les domestiques, valets de chambre, cocher, concierge, cuisinière, filles de service, avaient été interrogés par le commissaire de police, accompagné de son clerc et de deux gendarmes.

Je pâlis et tremblai comme l'eût fait le vrai coupable, à la vue des agents de la justice. Je voulus me retirer, mais il était trop tard, j'avais été annoncé, nommé, et j'allais être interrogé.

— Vous arrivez à point nommé, monsieur, me dit poliment le commissaire : j'avais besoin de vos déclarations.

— Je ne sais rien, monsieur le commissaire, répondis-je la rougeur au front et les yeux baissés, absolument rien !

— Je serai à vous tout à l'heure, monsieur : je n'ai plus que mademoiselle à interroger.

Je vis s'avancer la personne que désignait l'officier public, et je jugeai du premier coup d'œil qu'elle n'était pas plus rassurée que moi.

C'était une soubrette, telle que les comédies nous les ont créées : jolie, bien faite, habillée avec élégance et presque avec luxe ; à la physionomie fourbe et calme, à l'air modeste et fripon à la fois, à la voix mordante et au geste délibéré.

Les couleurs de ses joues devinrent plus éclatantes lorsqu'elle se trouva en présence du commissaire, et elle répondit en balbutiant aux questions qui lui furent adressées.

— Dites-moi ce que vous avez fait, mademoiselle, lorsque monsieur le comte fut parti pour le spectacle, avec son fils et sa fille?

— D'abord j'ai couché l'enfant, et puis quand il a été endormi, je suis descendue au jardin...

— Êtes-vous retournée ensuite dans la chambre où dormait l'enfant? l'avez-vous vu dans son lit?

— Oui, monsieur... Il avait beaucoup crié avant de s'endormir... Mais il était alors très-tranquille...

— Quelle heure était-il environ, lorsque vous l'avez quitté pour la seconde fois?

— Il était bien dix heures... et dans le jardin... il ne faisait plus jour du tout...

— Certainement, vous vous trompez d'heure, car votre maîtresse, en rentrant vers dix heures, vous a trouvée endormie dans l'antichambre de son appartement... Cela est dans mon procès-verbal.

— C'est possible, monsieur le commissaire... Oh! je dormais si lourd, que je n'ai rien vu, rien entendu...

— Pas même les cris, pas même le coup de fusil tiré par M. le baron sur un homme qui s'enfuyait ?

— On aurait enlevé la maison, que je ne m'en serais point aperçue, tant mon sommeil était profond.

— Voilà un sommeil extraordinaire, murmura le commissaire en hochant la tête. Je vous ferai encore une question et je vous invite à y répondre sans réticence.

— Sans?... répéta la jeune fille qui ne comprit pas cette expression et qui lui supposa un sens formidable.

— Le concierge et le valet de chambre de M. le baron prétendent que vous aviez des amoureux.

— C'est faux, archifaux ! s'écria-t-elle en se donnant de grands airs d'indignation. Un amoureux, passe encore ! mais des amoureux, fi donc ! quelle horreur !

— Ils vous ont vue dans la rue, causant avec un homme de mauvaise mine, qui avait une barbe noire.

— Ce sont des bêtises, interrompit-elle en affectant de rire : je ne connais pas une seule barbe noire...

— Je vous demande seulement aujourd'hui si vous êtes sûre de n'avoir jamais reçu cet homme dans l'hôtel en l'absence de vos maîtres ?

— Non, monsieur; je vous jure, répliqua-t-elle tout émue : il y a des méchants, des envieux qui veulent me faire perdre ma place.

Le commissaire de police, qui regardait son procès-verbal de préférence à l'accusée, n'insista pas pour obtenir des réponses plus précises; il n'avait peut-être pas remarqué le trouble de cette fille, ou il le mettait sur le compte de l'impression et de la terreur, qu'il produisait ordinairement par sa seule présence.

Il me pria, ensuite, de lui déclarer ce que je pouvais savoir relativement à l'aventure de la veille. Je m'étais trop avancé dans un système de négation complet, pour n'être pas obligé d'y persévérer, quoiqu'il m'en coûtât. Je me résignai donc au triste rôle de menteur, que je n'excusais à mes propres yeux que par des intentions droites et honorables.

— Je ne sais rien sans doute qui concerne cette affaire, dis-je avec embarras. Je suis venu faire visite à un ami, M. Ribier, qui habite le passage Sainte-Marie : il était alors plus de neuf heures ; je n'ai passé qu'une demi-heure avec lui, et lorsque je suis descendu pour reprendre mon cabriolet...

— Vous aviez donc un cabriolet qui attendait à la porte de la maison où vous faisiez visite ?

— Non pas à la porte, dis-je embarrassé de cette question imprévue : il devait venir me chercher...

— S'il était dans le passage Sainte-Marie lors de la fuite du malfaiteur, le cocher a vu...

— Permettez-moi de vous dire qu'il n'a rien vu, puisqu'il est arrivé avec sa voiture, pendant que je m'entretenais de l'événement avec M. le baron de Saint-Allèze qui était sorti de son jardin par la petite porte...

— En effet, votre déclaration est conforme à celle de M. le baron, reprit le commissaire en consultant son procès-verbal. N'importe, je ferai rechercher ce cocher de cabriolet : il pourra fournir quelques indications.

Mon mensonge devait donc inévitablement se découvrir, et je fus tenté de prendre les devants en disant les choses telles qu'elles s'étaient passées. C'était pousser trop loin le donquichotisme du dévouement à l'égard d'un inconnu, qui ne me semblait plus d'ailleurs si intéressant, que de m'exposer à être arrêté et mis en cause comme son complice.

Je fus néanmoins retenu par l'espoir de servir un innocent, plutôt que par la honte d'avouer mon mensonge.

— J'avais bien entendu quelque bruit, mais sans y prendre garde, dis-je en m'encourageant à mentir. J'ai le malheur de tomber parfois dans des distractions si absorbantes, que je n'entends ni ne vois, pour ainsi dire : mes pensées me transportent hors du monde extérieur, et je ne vis plus alors que par ressouvenir... J'étais sans doute dans cet état singulier quand on a crié : Au voleur !... quand on a tiré un coup de feu, quand l'homme qu'on poursuivait a sauté par-dessus le mur...

— Oh ! sa sortie a été constatée dans mon

procès-verbal : il est monté sur un arbre pour atteindre le haut du mur, qui est beaucoup plus élevé en dedans qu'en dehors ; puis, il s'est laissé glisser le long de ce mur, comme l'attestent des feuilles tombées, des branches rompues, des morceaux de plâtre enlevés, des pierres égratignées...

— Le bruit que j'ai entendu n'était autre que celui de l'escalade qui s'opérait à mon insu... La nuit était fort noire...

— Oui, mais je vous prie de m'aider à comprendre certaines particularités : près du mur, que le malfaiteur a escaladé dans le passage Sainte-Marie, on remarque une empreinte profonde qui indique l'endroit où ses pieds ont rencontré terre ; cette empreinte, parfaitement distincte, dont j'ai fait relever la forme, atteste que cet homme portait des bottes fines, ce qui est rare chez les voleurs de nuit ; tout cela est, au reste, consigné fort amplement dans mon procès-verbal...

— Monsieur le commissaire, interrompis-je impatient de clore cet interrogatoire pénible pour moi, pardonnez, mais je ne puis disposer

que de peu d'instants, et monsieur le comte
veut absolument me voir.

— Je ne vous retiens plus, monsieur ; je vous
demande seulement de m'expliquer comment
il se fait que le sol ait gardé la trace des pas,
à l'endroit seul où l'homme a sauté du haut
du mur, et que cette trace cesse tout à coup,
près de l'ornière qu'a faite votre cabriolet, en
tournant pour sortir du passage sans doute...

— Mon Dieu ! monsieur le commissaire, je
ne prétends rien expliquer !

— Conçoit-on que l'on perde la trace des pas,
bien plus, la trace de sang ? car l'homme était
blessé...

— Je suis désolé de ne pouvoir continuer cette
curieuse discussion... Avec une perspicacité
comme la vôtre, monsieur le commissaire, on
découvrira certainement, très-certainement le
coupable.

— Je puis me vanter de n'avoir rien omis
dans mon procès-verbal.

Je me hâtai de prendre congé du commissaire, en jetant un coup d'œil sur la jolie femme
de chambre que je soupçonnais d'intelligence
avec l'auteur du méfait : elle eut l'air de deviner

mon regard, mais elle m’en rendit un à son tour, qui semblait m’interroger et me demander conseil. Elle avait jugé, à ma contenance et à mes réponses, que je ne disais pas plus qu’elle tout ce que je devais savoir.

Ce fut cette fille qui me suivit pour me conduire vers ses maîtres, pendant que les domestiques étaient tous enchaînés par la curiosité autour du commissaire de police.

— Eh bien! mademoiselle, dis-je à la fille qui m’accompagnait, on vous a volé hier soir?

— Ah ! monsieur, quel malheur ! répondit-elle en levant les yeux et les mains au ciel.

— Je ne me donnerai pas de repos avant d’avoir trouvé le voleur, et j’y parviendrai peut-être...

— Il faudra bien qu’on le retrouve ; autrement, madame en mourrait de chagrin.

— Et monsieur le comte? il doit être encore plus sensible à cette perte.... Combien lui a-t-on volé?

La femme de chambre me considérait avec surprise, sans répondre, lorsque le baron de Saint-Allèze sortit de l’appartement où j’allais entrer et se chargea de me conduire auprès de son père.

Il m'avait salué d'abord assez froidement, quoique avec politesse, et il m'adressa quelques paroles de gratitude au sujet de mon empressement à venir : « C'était, disait-il, une marque d'intérêt que je donnais à sa famille, et, pour sa part, il m'en témoignait toute sa reconnaissance.» Cela fut dit gravement, presque solennellement.

J'en conclus que le fils était aussi avare que le père, et qu'une perte d'argent était pour eux la plus grande infortune qu'ils pussent éprouver. Je répondis par des protestations de cet intérêt auquel il faisait appel, et je le suivis en baissant la tête.

J'étais désespéré : j'avais aidé le voleur à s'échapper avec le fruit de son crime, et mon silence même, en ce moment, me pesait comme un remords.

— Mon père, je vous amène un ancien ami qui prend une vive part à notre douleur, dit mon introducteur.

Le vieux comte, qui rêvait amèrement, assis devant son bureau et le front appuyé sur sa main, releva les yeux, me reconnut et vint m'embrasser en pleurant.

J'avais été, pendant deux mois, le commensal le plus assidu et le mieux accueilli chez le comte de Sainte-Allèze, à Rome ; je m'étais lié surtout avec lui par la conformité de nos goûts pour l'art des anciens et de notre affection pour l'illustre antiquaire Seroux d'Agincourt ; mais néanmoins je ne me croyais point assez son ami, pour que la joie de nous retrouver ensemble lui tirât les larmes des yeux. J'attribuai donc ces larmes, dont j'étais vraiment étonné, à une réminiscence du vol qui le désolait.

— En quelle circonstance fatale me revoyez-vous ! me dit-il d'une voix pleine de sanglots.

— En effet, répondis-je, glacé par ce qui me paraissait de sa part une avarice misérable.

— Vous m'avez vu, à Rome, il y a cinq ans, heureux et satisfait de mon sort, n'ayant rien à souhaiter que la continuation de ce bonheur, qui vous faisait envie à tous ! Et maintenant, comment me retrouvez-vous !

— J'avoue que c'est un malheur !... répondis-je presque indigné de ses larmes ; mais... on vous a donc beaucoup volé ?

— Ah ! monsieur Jacob, on m'a pris tout

mon bonheur, toute ma consolation, tout mon avenir!

Je ne comprenais plus rien à cette scène de pleurs et de regrets : je me persuadai que le comte de Saint-Allèze se trouvait entièrement ruiné par suite de ce vol, et j'allais trahir mon secret, quand un murmure de sanglots étouffés me fit regarder du côté où ils s'exhalaient.

Je vis une jeune femme, vêtue de deuil, qui pleurait en se cachant le visage.

Quant au baron de Saint-Allèze, il ne pleurait pas, mais son visage, naturellement sombre et sévère, exprimait une tristesse accablante.

Je fus ému du spectacle de cette douleur à laquelle je ne me croyais pas tout à fait étranger, et qui était trop grande pour avoir une cause mesquine et ordinaire.

— Voici ma fille, ma pauvre fille! me dit le comte, sans que celle-ci relevât la tête et interrompît le cours de ses pleurs. Vous l'avez vue avant son mariage, n'est-ce pas? Oh! sans doute, vous n'étiez plus à Rome...

— Mon père, éloignez des souvenirs pénibles, s'écria le baron : nous avons bien assez du malheur actuel...

— Je n'avais au monde que deux joies réelles, continua le comte, qui poursuivait son idée : mon fils, lancé avec éclat dans la carrière administrative, devait, par son mérite, atteindre les plus hauts emplois...

— Ce qui est fait est fait, repartit avec irritation le baron, que cet entretien contrariait; n'en parlons plus!

— Ma fille, mariée à son gré, suivant son cœur, disait-elle, m'avait donné un petit-fils...

— Ils me l'ont ravi! dit avec une explosion de sanglots la jeune femme, qui se tordit les mains et s'agita en convulsions.

— Mais..... ce n'est donc pas?.... repris-je, soupçonnant enfin la vérité : ce vol..... cet homme...

— Ne vous l'a-t-on pas appris? répondit le baron de Saint-Allèze : c'est l'enfant de ma sœur qu'on a enlevé.

Ce fut un coup de foudre pour moi. J'aurais voulu rentrer sous terre, j'étais écrasé de remords : une sueur froide me monta au visage;

mes jambes tremblèrent sous moi; un voile couvrit ma vue; je ne respirais plus, mon cœur cessait de battre. Je faillis m'évanouir.

Ce malheur épouvantable, un fils ravi à sa mère, j'aurais pu l'empêcher, et je ne l'avais pas fait! au contraire, c'était moi qui avais protégé, favorisé, secondé un pareil crime!

— Vous comprenez à présent tout notre désespoir et vous y prenez part? dit le comte en me serrant la main.

— Oh! c'est horrible! répliquai-je avec une angoisse qui m'étranglait. horrible!

— Eh! pourquoi enlever cet enfant? s'écria la malheureuse mère, qui parut se calmer et qui, se redressant d'un bond électrique, fixa sur moi ses grands yeux brillants de larmes, comme si elle me demandait compte de son fils.

— Je vous l'ai dit déjà, reprit le baron, ce sont mes ennemis, les conspirateurs et les francs-maçons!

— Que pensez-vous qu'ils en aient fait, de cet enfant? ajouta cette mère, à moitié folle de douleur.

— Madame, prenez courage, prenez patience!

dis-je, ne pouvant soutenir les regards perçants dont elle me poursuivait.

— Patience, courage, quand on m'a pris mon enfant! Oh! les monstres! ils ne savent pas ce que c'est qu'une mère!

— Votre fils, madame, on vous le rendra!... Ah! il faudra bien qu'on vous le rende!

— Qu'en ont-ils fait? qu'en veulent-ils faire? Pauvre orphelin, ton père n'était pas là pour te défendre, et ta mère! Ah! je suis bien coupable! ce sera un remords éternel, une plaie toujours saignante!... j'ai quitté mon enfant, et j'en ai été punie... C'est vous, mon père, qui l'avez voulu, c'est votre faute à vous qui m'avez éloignée du berceau de mon fils ... Mère frivole, insensée! je me suis séparée de ce cher enfant, pour aller chercher un plaisir!... Je me le reprochais tous bas, j'avais comme un pressentiment... Oui pendant ce funeste spectacle, j'étais distraite, je sentais mes yeux se mouiller sans motif... Sans motif? le cœur d'une mère devine: il a des échos mystérieux qui lui parlent sans cesse de son fils... Je vous l'ai dit, mon père, rappelez-vous?... Si j'avais écouté cette voix qui m'avertissait, je serais revenue assez tôt pour veiller sur mon enfant... Eh bien! a-t-on découvert le ravisseur? est-on sur sa trace? me rend-on mon fils? s'ils l'avaient tué!

Elle poussa des cris déchirants et retomba pliée sur elle-même, en se meurtrissant la figure et la poitrine avec ses poings. Ce terrible désespoir durait depuis le moment où elle s'était aperçue de la disparition de son fils, mais elle était si épuisée de fatigue et de douleur, que les cris et les convulsions ne reparaissaient que par intervalles.

Son frère, qui semblait lui être très-attaché malgré les habitudes de gravité et de sécheresse qu'il avait contractées dans l'exercice des fonctions administratives et politiques, lui adressa quelques paroles d'espérance, la souleva doucement dans ses bras et l'emporta hors du cabinet où la présence d'un étranger exaltait encore cette douleur maternelle.

Le comte de Saint-Allèze me fit asseoir et m'exprima en termes remplis de bienveillance le plaisir qu'il avait de me revoir. L'éloignement momentané de sa fille donnait un peu de répit à son chagrin, et sans en oublier le sujet encore si récent, il s'entretint avec moi d'événements

de famille que j'ignorais. Il me raconta dans
quelles circonstances il avait marié sa fille uni-
que, en dépit de l'opposition presque révoltée
de son fils.

IV

La découverte.

Un jeune homme, nommé Louis Belin, ori-
ginaire de Soissons, orphelin sans fortune, qui
passait pour être le fils naturel de Saint-Just,
était venu à Rome, sous prétexte de se perfec-
tionner dans la composition musicale, mais en
réalité, pour nouer des intelligences secrètes avec
les francs-maçons ou les républicains de France
et d'Italie.

On ne soupçonnait rien du véritable but de
son voyage, et il avait été reçu à Rome avec
cet empressement hospitalier que les Français,
fixés alors dans cette ville, témoignaient à l'é-
gard de leurs compatriotes.

Il rencontra mademoiselle de Saint-Allèze

dans les salons où il faisait de la musique; il
fut remarqué d'elle, et bientôt s'établit entre
eux une de ces intrigues d'amour que les mœurs
romaines autorisent dans la société la plus
honnête. Le père fut le dernier à s'apercevoir
de ce qui se passait, et déjà il n'était plus temps
de forcer les amants de se séparer et de renon-
cer l'un à l'autre.

Ce fut en vain que le baron de Saint-Allèze,
qui avait pris des renseignements très-exacts
sur le jeune artiste et qui se défiait des intentions politiques d'un fils ou d'un élève de
Saint-Just, se prononça énergiquement contre
un mariage que ne recommandait d'ailleurs aucune raison de fortune, de naissance ni de position sociale.

Si le baron de Saint-Allèze eût été auprès de
son père à cette époque et s'il eût pu agir directement contre Louis Belin, il serait peut-
être parvenu à empêcher une union que ses
pressentiments repoussaient autant que des
objections fondées sur des motifs graves et
plausibles; mais il habitait Savone, chef-lieu
du département de Montenotte, où il avait été
créé préfet, et il n'obtint pas en temps utile

la permission de s'absenter de sa préfecture.

Quand il vint à Rome, sa sœur était mariée de la veille et il repartit sur-le-champ, emportant dans son cœur une haine instinctive contre son beau-frère et un vif ressentiment contre son père qu'il accusait d'avoir déshonoré leur nom par une alliance indigne d'eux.

Le frère et la sœur étaient donc brouillés, mais les deux époux, qui s'aimaient tous les jours davantage, auraient consolé le comte de Saint-Allèze de la retraite vindicative de son fils, si ce bonheur domestique n'avait pas été tout à coup détruit par un événement que rien ne devait faire appréhender.

Louis Belin, quoique marié, continuait à entretenir des relations avec les sociétés secrètes de France et d'Italie : ces relations, qu'il n'avait pu cesser brusquement, lui étaient pénibles, et il cherchait une occasion de s'y soustraire, en se retirant de la franc-maçonnerie qui servait de manteau à des complots républicains, toujours déjoués par la police, toujours vaincus par l'étoile de l'empereur.

Il manifesta plusieurs fois à sa femme l'intention de rester étranger aux manœuvres des conspirateurs et de ne rien faire qui dût troubler sa félicité conjugale; car cette pauvre femme avait surpris des lettres, des papiers, qui lui apprirent le rôle dangereux que son mari jouait encore quelquefois en servant d'intermédiaire officieux, sinon intéressé, à d'anciens complices.

Elle redoutait surtout l'influence d'un certain Bidaneschi, jeune noble Génois, qui avait été le meilleur ami de Louis Belin et qui exerçait sur celui-ci tant d'empire, qu'il n'eût fallu qu'un mot de cet Italien pour entraîner le nouvel époux dans les errements républicains et aventureux de sa jeunesse. Mais Bidaneschi s'était expatrié et ne paraissait pas devoir jamais revenir dans sa patrie où ses opinions, ses menées et son caractère bien connus l'auraient désigné tout d'abord aux rigueurs préventives de la police impériale.

Madame Belin se trouvait grosse, et la naissance prochaine de son premier enfant comblait de joie le père et l'aïeul qui l'attendaient à l'envi.

Sur ces entrefaites, Louis Belin tomba dans une tristesse subite, s'enferma plusieurs jours dans son cabinet, écrivit de nombreuses lettres, en reçut beaucoup, brûla des papiers, et partit pour Milan.

Ce brusque départ, motivé sur la nécessité de figurer dans les solennités musicales qui accompagneraient le séjour de Napoléon dans la capitale de la Lombardie, désespéra madame Belin qui voulait suivre son mari.

Une grossesse avancée et les fatigues d'un voyage au cœur de l'hiver furent les obstacles que Louis Belin fit valoir pour obliger sa femme à ne pas quitter Rome avec lui. Elle demeura donc auprès de son père pendant cette fatale absence qui devait être éternelle.

Dix jours s'écoulèrent, sans qu'elle reçût de nouvelles du voyageur : ses inquiétudes ne furent que trop réalisées ! Elle avait décidé le comte de Saint-Allèze à partir avec elle pour Milan, lorsque son frère, écrivit de Savone, et lui apprit le malheur qui les frappait.

Une conspiration contre la vie de l'empereur venait d'être découverte à Milan, au moment où l'empereur allait s'y rendre. C'était une lettre de Louis Belin à sa femme, lettre décachetée à la poste, qui avait mis sur la trace de

celte conspiration formidable que les francs-
maçons de France et d'Italie avaient combinée
pour proclamer la république dans les deux
pays.

Aussitôt ordre avait été donné d'arrêter,
d'emprisonner, de juger tout ce qui était franc-
maçon ou soupçonné de l'être, car on savait
qu'un franc-maçon avait juré d'assassiner Napoléon pendant les fêtes qui se préparaient à
Milan et à Venise. On arrêta Louis Belin, un
des premiers, à Savone, avec les principaux di-
gnitaires de la loge des francs-maçons de cette
ville.

Ce fut à Savone que madame Belin, désolée
de ces funestes nouvelles, se dirigea seule, quoique la police de Rome lui eût refusé un passe-
port et gardât à vue le comte de Saint-Allèze.
Les soupçons atteignaient à la fois toutes les
personnes qui tenaient de près ou de loin à l'accusé.

Lorsque madame Belin arriva enfin à Savone,
après avoir surmonté des embarras et des dan-
gers de toute espèce, elle n'y trouva plus son
frère, qui s'était vu destitué brutalement, dès
qu'on avait connu les liens de famille existant

entre Louis Belin et lui. Le baron de Saint-Allèze avait donc quitté Savone, indigné et furieux de cette destitution que son dévouement absolu et même fanatique au gouvernement impérial était loin de mériter.

Madame Belin n'eut pas d'autre appui que sa tendresse pour son mari, dans les démarches difficiles et incessantes, auxquelles, malade et accablée de chagrin, elle consacra le reste de ses forces : elle n'obtint pas seulement la permission de voir le malheureux détenu, qui fut interrogé, jugé et condamné à huis clos par une commission militaire !

Madame Belin, que ses couches pénibles avaient contrainte de garder le lit pendant trois semaines, apprit enfin, à travers mille angoisses de doute et d'anxiété, que le malheureux enfant, qu'elle avait mis au monde, ne verrait plus son père. Le bruit s'était répandu que dix des accusés avaient été fusillés dans la prison.

— Fusillés ! m'écriai-je interrompant le récit simple et touchant du comte de Saint-Allèze.

— Ou exécutés de toute autre manière, reprit le comte en soupirant. Il est toujours certain que mon gendre est mort.

— Oh! monsieur le comte , répliquai-je avec chaleur, je ne croirai jamais que l'empereur...

— Je n'accuse pas l'empereur, s'écria M. de Saint-Allèze qui vit rentrer son fils dans le cabinet et qui ne s'exprima plus devant lui avec la même liberté : j'aime, je respecte l'empereur et ses décrets, n'est-ce pas, mon fils?

— Vous parliez encore de cette déplorable affaire? dit le baron, avec une amertume que ramenait inévitablement ce sujet chaque fois qu'on l'évoquait devant lui. Certes, nous aimons, nous respectons Sa Majesté, mais néanmoins je suis forcé de lui reprocher mon injuste destitution.

— Et vous croyez, monsieur, dis-je avec insistance, que sous le règne des lois, un homme, votre beau-frère, a été mis à mort dans l'intérieur d'une prison?...

— Peu importe comment on se délivre d'ennemis aussi dangereux! il n'y a pas de lois pour de pareils coupables!

— Pas de lois! répétai-je, ému de ces maximes cruelles. Monsieur, les lois sont faites pour tous...

— Ne parlons point politique, interrompit

sèchement l'ancien préfet de Savone. Quoique-je ne sois plus dans l'administration active, je ne sympathise pas davantage avec les utopistes... Acceptons le fait tel qu'il est : M. Louis Belin a été condamné à mort et il a subi son arrêt. Je remercierai plutôt les juges d'avoir épargné à sa famille la honte de le voir subissant cet arrêt sur une place publique.

— Il était donc chef du complot? demandai-je en homme dont la curiosité, une fois éveillée, ne se contente pas aisément.

— Je ne sais s'il était chef ou simplement complice, répondit le baron que cette conversation impatientait : rien du procès n'a transpiré ; on n'en a connu que le dernier mot... Je ne pouvais assurément rester préfet à Savone, mais on aurait pu, au lieu de me congédier comme on l'a fait, m'envoyer dans une autre préfecture.

— Il paraît qu'on avait promis aux condamnés leur grâce, dit le comte, à condition qu'ils dénonceraient celui qui s'était engagé par serment à tuer l'empereur.

— Et il ne s'est pas trouvé un lâche ni un traître parmi eux? repartis-je avec une naïveté assez maladroite.

— Traître ! lâche ! répéta l'ex-préfet en haussant les épaules. Mon Dieu ! pourquoi parler politique ?

— Ils refusèrent tous d'acheter leur grâce à ce prix, continua le comte de Saint-Allèze, et... ma fille fut veuve. On m'avertit que je ne pouvais plus résider en Italie, et je rentrai en France avec mon fils, qui sollicitait vainement d'être replacé, et ma malheureuse fille qui avait failli succomber à son désespoir.

— Maintenant que vous connaissez les faits, dit le baron en m'adressant la parole avec l'assurance d'un homme qui ne pense pas pouvoir être contredit, ne croyez-vous pas que ce sont mes ennemis personnels qui ont enlevé cet enfant?

— Vos ennemis? les francs-maçons? répliquai-je avec un sourire d'incrédulité.

— Moi, j'ai soupçonné d'abord, dit le père, ce Génois, ce Bidaneschi qui est cause de tous nos maux !

— Ayez bon espoir, monsieur le comte, dis-je en lui serrant la main : il est impossible que nous ne retrouvions pas cet enfant? Et vous, monsieur, ajoutai-je en me tournant vers le

10

baron, je fais des vœux sincères pour vous revoir préfet.

Je sortis de l'hôtel, sans avoir un plan arrêté sur les efforts que je devais tenter pour réparer le mal, dont j'étais presque complice.

Les événements, dont le comte de Saint-Allèze m'avait fait le récit, ne me donnaient pas la clef de l'enlèvement de cet enfant, fils d'un condamné politique : il semblait même impossible de les rattacher d'un façon satisfaisante et logique à un fait qui leur était aussi étranger en apparence.

Mon imagination, toujours prompte à créer des causes extraordinaires vis-à-vis des effets les plus simples, inventa deux ou trois romans qui ne se rapportaient pas le moins du monde au Bidaneschi du comte ni aux francs-maçons de son fils. Le voleur d'enfant était sans doute un voleur spéculateur qui, n'ayant pas réussi à vider le coffre-fort du comte, s'était emparé de son héritier pour le mettre à rançon. Et pourtant ce voleur là, autant qu'il m'en souvenait, avait l'air très-honnête, à sa barbe près ; de plus, il pleurait, m'avait dit mon cocher de cabriolet.

J'avais tourné dans la rue Bellechasse, sans m'apercevoir que je me trompais de route, tant j'étais préoccupé de la conduite que l'honneur m'ordonnait de suivre. Je venais de me décider à faire devant le commissaire de police une déclaration circonstanciée de l'aventure de la veille, quand je me trouvai au coin de la rue de l'Université.

Je regardai les écriteaux des rues pour m'orienter, et mes yeux se portèrent vers la rue de Poitiers, dont le nom me revint à l'esprit avec le souvenir immédiat du voleur d'enfant.

C'était à l'entrée de cette rue qu'il avait mis pied à terre, au sortir du passage Sainte-Marie, à moins que mon cocher de cabriolet ne m'eût fait un faux rapport. Je cherchai à me rappeler si ce cocher m'avait fourni une indication plus précise, mais ma mémoire ne me rappela rien qui pût servir à diriger mes recherches.

Il était même probable que l'inconnu avait évité de se faire mener directement à son domicile, car ç'eût été, en quelque sorte, donner son nom, en donnant son adresse, et se livrer lui-même aux personnes qui avaient intérêt à le poursuivre. Je désespérais donc d'avance de retrouver la trace de cet homme.

J'entrai pourtant dans la rue de Poitiers, et je la parcourus d'un bout à l'autre, en examinant toutes les maisons et toutes les fenêtres, pour y découvrir quelque indice révélateur, pour faire naître en moi quelque intuition divinatrice.

Ces maisons, qui n'avaient la plupart que des allées obscures pour entrée, et qui étaient habitées alors, comme elles le sont encore aujourd'hui, par des gens pauvres, de la classe ouvrière, ne m'inspiraient aucune idée lumineuse, capable de me mettre sur la piste du voleur.

Je ne vis aux fenêtres, que des femmes du peuple qui étendaient leur linge mouillé sur des corde s ; je ne vis sur le seuil des portes, que des enfants barbouillés jouant et criant ; je ne vis dans les boutiques, que figures de marchands fort occupés de leur commerce.

Je m'approchai de plusieurs de ces enfants, je pénétrai dans plusieurs de ces allées, je montai même plusieurs escaliers sombres, aux marches usées et à la rampe massive, sans être arrêté ni interrogé par aucun portier ; mais ces tentatives, faites au hasard, ne servirent qu’à me convaincre davantage de l’inutilité de mes recherches.

J’allais continuer ma route et me rendre à l’hôtel du ministère de la police, lorsque mes yeux se portèrent sur une fenêtre fermée, au second étage d’une maison de mauvaise apparence qui devait être un hôtel meublé, puisqu’un vieil écriteau, attaché à la porte, annonçait des *chambres et cabinets garnis.*

A cette fenêtre qui attira mon attention, on remarquait une chemise d’enfant, en toile très-fine, séchant au soleil, avec de petits bas de coton blanc, qui n’appartenaient certainement pas à un des marmots que je voyais courir, les jambes nues, dans la boue.

Mon cœur battit, quand je me glissai comme à la dérobée dans l’allée étroite et ténébreuse qui aboutissait à l’escalier de l’hôtel garni ; je passai, sans avoir été aperçu, devant le vitrage enfumé de la loge du portier, lequel était occupé, en ce moment, à faire son café au lait et concentrait toutes ses facultés visuelles et auditives dans la contemplation du lait prêt à bouillir.

J'étais arrivé au palier du premier étage, et je ne craignais plus d'être congédié par un concierge défiant ou maussade, lorsque celui-ci, qui venait sans doute de retirer du feu le lait bouillant et se trouvait rassuré sur le sort de son déjeuner, entendit le bruit de mes pas, sortit de sa loge et me cria du bas de l'escalier, en faisant de sa main un porte-voix :

— On vous attend, monsieur, depuis une grande heure. Frappez trois coups de suite à la porte et deux coups au carreau à droite.

J'ouvris la bouche pour répondre et pour demander le nom de la personne qui m'attendait ; mais la réflexion devança les paroles imprudentes qui eussent averti le portier de son erreur, et le *merci*, que je murmurai à voix basse, suffit au contraire pour faire rentrer le cerbère dans sa loge sans la moindre défiance.

Je continuai de monter à pas sourds et je parvins au deuxième étage, où je me trouvai vis-à-vis de quatre portes avec quatre numéros différents.

A quelle porte fallait-il frapper ? Chaque porte était accompagnée d'un carreau à hauteur

d'homme, servant à éclairer une pièce d'entrée
pour chaque chambre.

J'hésitai entre ces quatre portes semblables :
l'indication que m'avait transmise officieuse-
ment le portier ne concernait peut-être pas la
chambre que je voulais visiter, la maison ayant
six étages et un très-grand nombre de locatai-
res. Je m'appuyai contre la rampe et j'écoutai.

Tout à coup une voix pleureuse d'enfant
éclata dans une des chambres voisines, et une
voix d'homme, d'abord douce et caressante,
puis menaçante et irritée, alterna sans interrup-
tion avec des plaintes et des cris étouffés qu'elle
essayait de faire taire.

Je collai mon oreille à la porte, qui me parut
être celle où je devais frapper, et je distinguai
alors ce qu'on disait dans l'intérieur de l'appartement. Mon instinct m'avait bien dirigé : j'étais
maître de mon voleur d'enfant !

—Maman ! je veux voir maman ! criait le pauvre petit. Ramenez-moi chez maman ! où est
maman? où est grand-papa ?

— O le méchant ! reprenait l'inconnu qui
avait employé tous les moyens de persuasion
pour obtenir du calme et du silence. O le vilain

enfant ! il n'aura ni joujoux, ni gâteaux, ni bon-
bons ; il sera mis en pénitence et il ne verra
plus sa maman.

— Je ne veux pas de vos joujoux ! répétait
l'enfant, d'un accent fier et décidé ; je ne veux
pas de vos dragées, monsieur !

— Cher enfant, je te donnerai tout ce que
tu voudras, des sabres, des fusils, des tambours,
mais ne crie pas...

— Je crierai tant qu'on ne m'aura pas rendu
maman ! Je vous aimais déjà, monsieur, mais
je ne vous aime plus du tout.

— Eh bien ! monsieur l'obstiné, voici quelqu'un qui saura bien vous empêcher de crier :
c'est l'empereur qui envoie à l'armée les enfants
mal élevés et qui en fait des soldats. Bon ! j
l'entends qui monte l'escalier, je vais lui ouvrir...

Dans le même instant, je frappai légèrement
avec un doigt trois coups à la porte et deux
coups à la vitre. L'enfant avait cessé de crier.

— Maudit enfant ! grommelait le portier qui
venait encore de sortir de sa loge : est-ce qu'on
ne l'emmènera pas bientôt ?

V

Les Confidences.

J'avais si bien imité un signal convenu, que l'on m'ouvrit sans précaution, avec la certitude de voir paraître la personne qu'on attendait; mais, avant qu'on se fût aperçu que ce n'était pas elle, je m'élançai, en poussant de toutes mes forces la porte qu'on avait entrebâillée et qui se referma violemment lorsque j'eus fait invasion dans la pièce exiguë et sombre où je me trouvai aux prises avec un robuste adversaire, déterminé à me jeter dehors et, en tous cas, à m'empêcher de m'introduire auprès de l'enfant. J'avais reconnu mon homme de la veille, qui ne me reconnaissait pas et qui faillit m'étouffer dans ses bras nerveux en me demandant compte de la violation de son domicile.

— Sortez! me disait-il avec une fureur concentrée. Que voulez-vous?... Si vous êtes un espion, vous ne sortirez pas vivant d'ici!

— Hé ! ne serrez pas si fort ! répondis-je me sentant défaillir : lâchez-moi ou j'appelle au secours et vous fais arrêter !

— Me faire arrêter ? misérable, toi ! s'écria-t-il en ne s'imposant plus de retenue ni de ménagements : on ne m'arrêtera jamais !

— Mon Dieu ! je ne tiens pas à ce qu'on vous arrête ! repartis-je, appréhendant quelque coup désespéré de sa part.

— Alors, va-t'en et dérobe-toi à ma vengeance !... Mais non, tu irais me dénoncer... si tu bouges, tu es mort !

— Vous me récompensez bien de ce que j'ai fait pour vous hier soir ! j'aurais dû alors vous laisser arrêter...

— Quoi ! c'est vous, monsieur ! interrompit-il à voix basse, avec une vive émotion que je remarquai au tremblement de sa main.

— Ah ! vous me reconnaissez enfin ? Je n'ai pas l'intention de vous faire du mal, Dieu m'en garde ! quoique vous m'ayez un peu rudement accueilli ; mais je viens vous redemander l'enfant que vous avez ravi à sa mère.

— Au nom du ciel, monsieur, laissez-moi

cet enfant! ne m'ôtez pas le seul bonheur qui me reste au monde.

L'enfant ne criait plus : le bruit d'une lutte et cette altercation qu'il entendait sans en voir les acteurs, l'avaient glacé d'effroi.

L'obscurité, qui régnait dans l'antichambre où j'étais retenu par mon vigoureux antagoniste, ne me permettait pas de suivre sur son visage les impressions que notre entretien faisait naître dans son âme; il me sembla toutefois qu'il versait des larmes et qu'il était en proie à un grand combat intérieur. Il me laissait respirer, mais il veillait sur tous mes mouvements.

— Vous m'avez rendu un service que je n'oublierai pas tant que j'aurai une seule goutte de sang dans les veines, me dit-il après un intervalle de silence : je n'ai pas d'autre moyen de vous prouver ma reconnaissance; je suis pauvre.....

— Fussiez-vous riche, monsieur, vos millions ne serviraient pas à faire me complice d'un vol le plus lâche et le plus criminel de tous, le vol d'un enfant !... Vous ne répondez pas? Cet enfant, pourquoi l'avez-vous volé?

— Parce qu'il est à moi ! répéta-t-il d'un ton ferme et noble à la fois.

— A vous ! répétai-je avec surprise, n'osant sonder quelque mystère de famille que M. de Saint-Allèze m'avait caché ou devait ignorer. Je vous conjure de me remettre cet enfant que réclame sa malheureuse mère...

— Avez-vous plus de pitié, monsieur, pour la mère que pour le père ?

— Le père est mort ! dis-je sévèrement, afin de montrer que je ne serais pas dupe d'un conte fait à plaisir.

— Les victimes du despotisme impérial sont mortes pour le monde, lorsqu'elles ont gémi deux ans au fond d'un cachot ? dit-il avec amertume. Il ne m'est pas même permis aujourd'hui de vivre pour ma femme et pour mon enfant !

— Ne cherchez pas à m'abuser, monsieur : je suis instruit de tout par M. le comte de Saint-Allèze ; je sais que son gendre a péri...

— Son gendre, c'est moi ! s'écria-t-il avec hauteur. Je comprends que le comte de Saint-Allèze et son fils me fassent passer pour mort et se débarrassent ainsi d'un souvenir qui leur pèse ; mais Adèle, mais ma femme !

— Est-il possible que vous soyez ce Louis Belin, compromis dans un complot de lèse-majesté et condamné à mort !

— Condamné, mais non exécuté... Vous me paraissez être un homme de cœur, monsieur, et je tiens à me justifier devant vous.

Il me fit alors entrer dans la chambre, où l'enfant demi-nu, assis sur son séant, au milieu de jouets de toute espèce qui encombraient le lit, attendait avec anxiété la fin d'un colloque qu'il écoutait sans le comprendre : l'apparition d'un nouveau visage acheva de le terrifier, et il resta, immobile, les yeux fixés sur nous, pendant que Louis Belin me faisait asseoir à l'angle le plus éloigné de cette chambre nue et délabrée.

Nous nous observâmes l'un et l'autre pendant quelques instants, et nous fûmes également satisfaits de ce premier examen qui nous confirmait dans nos bons sentiments réciproques.

Louis Belin portait sur ses traits la noblesse et la fierté de son caractère. La barbe noire et touffue, qui couvrait le bas de son visage pâle, ne lui donnait aucune dureté et ajoutait seulement à son air de tristesse habituelle.

— Je crois devoir d'abord en peu de mots expliquer ma conduite, me dit-il. Je parle bas pour que cet enfant n'entende point... Le comte de Saint-Allèze, par sa faiblesse, son fils, par sa méchanceté, sont les auteurs de mon infortune... Ils vous ont raconté ce qu'ils ont voulu : je n'étais pas là pour les démentir. La vérité est qu'ils m'ont indignement abandonné, sacrifié, le baron de Saint-Allèze surtout, qui m'a toujours haï... Ce cher enfant, je l'ai vu hier pour la première fois !

— Je suis encore tellement étonné, monsieur !... Vous, que l'on croit, que l'on dit mort, vous êtes vivant ! vous le père de cet enfant, vous avez recours à un rapt odieux que rien n'excuse !... Si la mère eût succombé à son désespoir !...

— Vous m'épouvantez ! vous me faites apprécier toute la gravité d'une action que mon malheur seul excuse ! Je ne comprends que trop ce que la pauvre mère a dû souffrir !..... J'oublie alors tous ses torts, j'oublie qu'elle aussi m'a sacrifié...

— Quelle erreur est la vôtre ! Tant qu'a duré votre procès, elle n'a pas quitté Savone, elle a épuisé tous les moyens pour vous voir, pour vous défendre ; et, lorsque, enfin, accablée de fatigue et de douleur, elle devenait mère...

— Adèle ne m'a pas trahi comme les autres ? s'écria-t-il avec attendrissement ; et moi, je lui enlève notre fils !

— Quand elle s'est relevée, après avoir mis au monde ce fils que vous lui enlevez, elle apprit qu'il n'avait plus de père !

— Mensonge, abominable mensonge ! c'est le baron de Saint-Allèze qui l'a imaginé, le malheureux ! Je fus, il est vrai, impliqué dans un procès de conspiration et de lèse-majesté : j'étais innocent. Je n'avais rien à me reprocher, si ce n'est de posséder le secret terrible qu'un ami avait déposé dans mon sein. Une association secrète de républicains italiens, nobles cœurs, mais têtes folles et imprudentes, s'était formée pour secouer le joug de l'Italie ; un d'eux, choisi par le sort, avait juré d'assassiner l'empereur à son passage par Milan. Ce régicide était mon meilleur ami ! Dieu sait tout ce que je fis pour le détourner de ce crime, auquel il se regardait comme consacré : je voulais sauver l'empereur et ne pas perdre mon ami. Ce fut à

moi que l'empereur dût la vie... Mais je ne
pouvais prouver mon innocence sans compromettre, sans égorger vingt personnes confiden-
tes et complices de l'assassinat que j'avais fait
échouer. Je me renfermai donc dans un silence
impénétrable, et je fus condamné à mort par
une cour martiale. On comptait sur des aveux :
je refusai d'en faire, tout en protestant que j'é-
tais étranger au complot et que ma conscience
ne me reprochait rien. Il fallait que les charges
qui s'élevaient contre moi fussent bien faibles,
puisque je ne partageai pas le sort ce mes co-
accusés, la plupart Italiens, qu'on fusilla dans
la prison. Moi, je restai prisonnier d'État, sous
le poids d'une accusation qui me retranchait de
la société...

— Et votre ami, qui vous avait entraîné dans
cet abîme, n'eut-il pas la générosité de venir se
livrer lui même ?

— Il s'était embarqué sur un vaisseau qui
fit naufrage sur la côte d'Afrique ; il fut em-
mené dans l'intérieur des terres par des Arabes
entre les mains desquels il était tombé, et il
resta captif, pendant quinze mois, sans aucune
nouvelle de France ni d'Italie. Lorsqu'il eut re-

couvré sa liberté, il rentra en France sous un
faux nom et vint à Paris. C'est de là qu'il s'oc-
cupa de ma délivrance. A force d'argent, il me
fit évader de la forteresse d'Ancône, où j'avais
été transféré, et j'osai venir le rejoindre ici.
J'avais voulu le revoir, l'embrasser encore,
avant de passer en Angleterre... J'arrivai à
temps pour recevoir son dernier soupir ! Le chagrin avait rendu incurable une maladie orga-
nique, causée par les privations et les tortures
de sa captivité à Tanger... Il y a trois jours,
dans cette chambre, sur ce lit.....

— Votre dévouement à l'amitié méritait une
autre récompense !... Mais aujourd'hui, ajoutai-je préoccupé de la situation dangereuse où
se trouvait ce noble jeune homme, vous pouvez disposer du secret de votre ami?

— Hélas ! répondit-il avec un sourire amer,
ce secret n'intéresse personne maintenant, il
n'y a plus de tête à faire tomber !

— N'ayez pas en moi confiance à demi; ai-
dez-moi à vous servir d'une manière efficace...
Vous courez risque d'être arrêté à chaque instant, surtout depuis que la police cherche les
ravisseurs de cet enfant.

— Je suis en sûreté dans cet hôtel garni : le propriétaire était le... correspondant de cet ami que j'ai perdu...

— Bilamaqui ? ajoutai-je, écorchant le nom que M. de Saint-Allèze m'avait cité comme celui de l'ami de son gendre.

— Etes-vous venu pour m'espionner et pour me trahir ? me demanda Louis Belin avec un retour de défiance.

— Je suis venu, à vous parler franchement, pour retrouver cet enfant et le rendre à sa mère ; je ne ferai que compléter ma mission, si vous voulez, en vous rendant aussi à votre malheureuse femme ?

— Jamais je ne la reverrai ! s'écria-t-il violemment agité ; elle m'a renié, elle m'a abandonné, elle m'a oublié ! !...

— Je n'aurai pas de peine à vous prouver le contraire ; mais commençons par le plus pressé, il n'y a plus une minute à perdre : l'enlèvement de cet enfant suscitera des recherches actives de la part de la police... On a déjà peut-être votre signalement, on sait votre demeure... Le cocher de cabriolet, qui vous a conduit hier soir à l'entrée de cette rue, ne manquera pas de vous faire découvrir... Vous serez mis en prison, et une fois votre identité reconnue.....

— Dans une heure, sans doute, je serai loin de Paris... avec cet enfant... J'attends un passe-port et une voiture...

— Avec cet enfant ! repris-je, d'un air de reproche. Ah ! monsieur, persistez-vous encore dans ce projet indigne de vous, indigne d'un honnête homme... Mais avant une heure, mais déjà peut-être cette maison est cernée ?...

On frappa, comme j'avais fait pour être introduit, trois légers coups à la porte et deux à la vitre. Louis Bélin tressaillit, porta la main au pommeau d'un pistolet que je vis sortir de son habit boutonné jusqu'au menton, et se consulta, en me lançant un regard scrutateur qui le rassura de mon côté.

Il se leva doucement, me fit signe de ne pas bouger, alla embrasser l'enfant, dompté par la peur, et passa dans l'antichambre, où il s'entretint tout bas avec la personne qui s'était fait connaître, en donnant le signal convenu.

Cette personne se retira, sans que je l'eusse aperçue, et Louis Bélin rentra dans la chambre, le visage bouleversé ; il jeta sur la table un sac plein d'or qu'on venait de lui apporter.

— Je ne puis partir, je n'ai pas de passe-port ! s'écria-t-il avec découragement. Il paraît qu'on a découvert quelque conspiration ; car tous les jours on en invente une, pour tenir l'empereur en haleine. Impossible d'avoir un passe-port !

— Plus vous resterez ici, moins vous aurez de chances de salut.

— Eh ! où voulez-vous que j'aille ? répliqua-t-il avec impatience, marchant à grands pas dans la chambre et s'arrêtant par intervalles devant l'enfant, qui alors baissait les yeux et n'osait plus les relever. Avec cet enfant...

— Vous n'avez guère l'embarras du choix... Par exemple, vous pouvez venir chez moi..... au Marais...

— Chez vous !... avec mon enfant ?... Etes-vous franc-maçon ? ajouta-t-il, avec un signe maçonnique.

— Je suis votre ancien ? répondis-je, en ne négligeant pas le signe d'intelligence qui devait confirmer mon dire. Loge des Neuf-Sœurs...

— Loge des Gens de Lettres et des Artistes ; c'est la mienne... Je me fie à vous, dit-il en me tendant la main ; j'irai où vous voudrez.

— Répondez avec la même franchise à cette dernière question : La loge des Neuf-Sœurs, que préside le bon Nougaret, ne s'est jamais mêlée de politique ?... N'êtes-vous pas en relation avec des conspirateurs ?

— Non, sur l'honneur ! Il y a quatre ans, lors de mon arrivée en Italie, je fus affilié à quelques sociétés secrètes. Mon ami... Bidaneschi, puisque je n'ai plus rien à vous cacher, m'avait attiré dans le complot dont il était l'âme ; mais je m'éloignai des conspirateurs, à l'époque de mon mariage, et depuis, je suis resté absolument étranger à leurs projets.

— Tant mieux ; car, si vous étiez le moins du monde engagé et compromis dans les conspirations et dans les sociétés secrètes, je ne vous ferais aucun bien et je me ferais beaucoup de mal à moi-même... Vous avez des papiers de... votre ami ?

— Des papiers? répliqua-t-il, troublé de cette question imprévue : qui vous l'a dit ? Ces papiers... Je n'en ai pas...

— Vous en avez ! je le devine. Si ces papiers

impliquent gravement des personnes encore vivantes, il faut les brûler.

— J'ai brûlé tout ce qui contenait des noms propres, des renseignements dangereux pour les autres... Je n'ai conservé que ceux exclusivement personnels à Bidaneschi, l'histoire de sa vie, ses pensées, ses désirs, ses espérances... de républicain...

— C'est cela qu'il me faut... Confiez-moi-les ou plutôt donnez-moi-les !... J'ai mon plan, et, je vous jure, j'aurai autant soin de votre honneur que vous-même... Ces papiers, trouvés dans vos mains, vous perdraient sans ressource ; dans les miennes, ils vous sauveront !

Dix minutes après cet entretien, Louis Belin, moi et l'enfant, nous étions dans un fiacre qui nous menait à mon domicile.

Après avoir installé chez moi Louis Belin avec son enfant, je remontai seul dans le fiacre qui nous avait amenés tous les trois, et je me fis conduire aussitôt au ministère de la police, occupé alors par Fouché, duc d'Otrante, qui s'y était alors perpétué presque continuellement depuis le Directoire.

Pendant le trajet, j'eus le temps d'examiner

les papiers dont j'allais faire usage, et de me
convaincre qu'ils ne renfermaient rien de dangereux pour mes desseins : c'était seulement le
monologue expansif d'un républicain qui avait
consumé sa vie à rêver la liberté de l'Italie et
la mort de l'empereur.

Les opinions et les sentiments étaient cha-
leureusement exprimés dans cette espèce de
confession générale, et la langue italienne, sous
une plume éloquente, y ajoutait un intérêt lit-
téraire auquel je ne pouvais manquer d'être
surtout sensible. Mais les détails matériels et
les faits se trouvaient entourés de réticences et
à demi laissés dans le vague : une belle phrase
sonore et poétique remplaçait souvent un nom,
une date, une circonstance nécessaire pour
comprendre, pour compléter des révélations
précieuses.

Bidaneschi n'avait voulu mettre en scène que
lui-même, et c'eût été bien difficile de découvrir ses complices derrière de vagues et nébu-
leuses généralités. Il avait pourtant nommé les
morts, et mes yeux se mouillèrent, en lisant
les noms d'Arena, de Cerracchi, de Fabio-
Lebrun et d'autres qui s'étaient dévoués com-

me lui, pour la cause perdue de la République.

Je cachai les papiers dans ma poche, avant de descendre du fiacre à la porte de l'hôtel du ministre de la police.

Deux agents, qui faisaient le guet aux environs, s'approchèrent, au moment où je mis pied à terre, et m'examinèrent avec attention, comme des gens qui auraient eu mon signalement. Mais, en me voyant entrer dans l'hôtel et marcher d'un pas tranquille vers le grand vestibule, ils restèrent persuadés que je n'étais pas l'homme qu'ils avaient ordre de chercher. Je puis me vanter d'ailleurs d'avoir toujours payé de mine dans les situations délicates où il importe de paraître ce que l'on est.

Je demandai à parler au ministre. L'huissier, à qui je m'adressais, me toisa du regard avec un air de pitié et haussa les épaules sans daigner répondre. Le duc d'Otrante était un des ministres auprès duquel on pénétrait avec le plus de peine.

Je ne réitérai pas ma question à cet insolent huissier qui continuait à me rire au nez, et j'allai droit à son bureau où se trouvaient du papier, de l'encre et une plume : j'écrivis au duc

d'Otrante pour le supplier de me recevoir à
l'instant même, et je remis la lettre à l'huissier
qui ne s'en chargea que sur mon injonction
formelle. Il commençait à croire que j'étais un
parent du ministre : il ne s'expliquait pas autrement mon assurance et mon sang-froid. Il
porta donc ma lettre.

VI

La Résurrection.

J'avais connu Fouché, lorsqu'il était profes-
seur d'histoire chez les Oratoriens. Son caractère faux et rusé m'avait empêché de me lier
alors avec lui, quoique je fisse cas de son ins-
truction variée et surtout de son esprit fin et
brillant.

Quant à lui, malgré ma volonté peu dissi-
mulée de me tenir à distance et sur la défen-
sive, il m'avait toujours témoigné de l'estime
et presque de l'affection, à laquelle je ne sus
pas répondre, je l'avoue : c'était moi qui lui

BIBLIOTHÈQUE IMPÉRIALE — LJIP.R.

13

avais appris à aimer les livres, disait-il volontiers, et je me félicite qu'il ne m'ait point accusé de lui avoir appris à mentir et à fourber, ce qu'il faisait mieux que personne.

Je ne l'avais rencontré que deux ou trois fois, depuis nos conférences historiques et bibliographiques chez les Pères de l'Oratoire, et il m'avait accueilli avec un empressement et une distinction que m'envièrent tous ceux qui furent témoins de ces entrevues. Il ne manquait pas alors de m'offrir ses services et de mettre son crédit à ma discrétion, sans doute parce qu'il ne craignait pas que je le prisse au mot.

Je jugeais alors Fouché tel que ses biographes l'ont jugé, capable de tout pour satisfaire ses passions, pour retenir dans sa main le pouvoir et la richesse. C'étaient là ses uniques croyances, et il n'y avait pour lui ni morale, ni religion, ni famille, ni patrie, ni sentiments humains, toutes les fois que son égoisme lui ordonnait de les fouler aux pieds.

L'ambition, qui exalte les âmes généreuses et qui leur fait trouver des jouissances de noble orgueil dans les honneurs, ne fut jamais celle de Fouché. Il regardait le pouvoir comme un excellent moyen de nager dans l'or et d'employer cet or à sa guise. Il avait aussi au plus haut degré l'amour de l'intrigue, et il flattait sa vanité, en trompant tout le monde, même l'Empereur ; en créant mille artifices et mille tours de passe-passe, à l'aide desquels il s'était rendu indispensable au gouvernement pendant la Terreur, le Consulat, le Directoire et l'Empire.

Le rival de Carrier et de Collot-d'Herbois se disait l'ami et l'ange gardien de Napoléon. Ce fut par une sorte d'intimidation qu'il s'empara de la confiance de son maître : il l'environna d'abord d'ombres de conspirations, de fantômes d'assassins, de périls imaginaires, et il fit semblant de n'être occupé qu'à lui sauver la vie et la couronne.

L'huissier revint avec ordre de m'introduire : cet ordre lui avait été sans doute donné en des termes fort honorables pour moi, car il me l'annonça, en s'inclinant jusqu'à terre.

Quels furent ma surprise et mon désappointement, quand je reconnus, dans le cabinet du ministre, le cocher de cabriolet qui m'avait conduit la veille au passage Sainte-Marie.

Le duc d'Otrante était ce jour-là en accès de

gaîté : il se roulait, en pâmant de rire, sur un canapé, sans avoir égard à la dignité ministérielle, et le cocher, debout devant lui, le visage pourpre et l'air penaud, rongeait avec ses dents le bord de sa casquette pour se faire une contenance.

Je n'eus pas longtemps l'espoir de demeurer étranger à cette scène, car ce maudit homme, à mon entrée, fit un geste et une exclamation qui exprimaient la joie de me retrouver en face du ministre.

— Vous arrivez à propos, mon cher savant ! dit Fouché qui, toujours riant, vint à ma rencontre, et me présenta la main.

— Je remercie Votre Excellence d'avoir daigné me recevoir sans lettre d'audience, repris-je, incertain de ce qui se passait.

— Je n'avais pas non plus donné de lettre d'audience à ce coquin-là, dit-il en riant plus fort.

— Monseigneur, je me retire, si Votre Excellence ne peut m'entendre ? murmurai-je, blessé de me voir assimilé à ce cocher bavard et imprudent qui se jetait à la traverse de mes projets.

— Restez, je vous prie, monsieur Jacob ; nous avons besoin de vous... Votre santé paraît excellente ? Eh ! vos travaux ?

— Ils avancent de manière à ne vouloir jamais finir, monseigneur, et mon dernier ouvrage...

— Eh bien ! maraud ! interrompit-il, en s'adressant au cocher, stupéfait de l'accueil affable que me faisait le ministre : est-ce bien Monsieur que tu as mené hier soir dans ton cabriolet ? est-ce bien lui que tu nommes *Théophile* Jacob ?

— Oui, monseigneur !... répondit le cocher, dont la voix enrouée s'exhalait de sa poitrine haletante, comme la voix d'un ventriloque.

— Comment ! drôle, d'où me connais-tu ? repartis-je pour l'intimider ; où as-tu ramassé mon nom ?

— Faudrait que votre concierge ne le sût pas, mon bourgeois ? il n'y a pas d'affront : j'ai demandé qui est-ce que ce petit vieux, vert comme poreau, vif comme une anguille, qui...

— Voyez, vous êtes convaincu ? interrompit Fouché, dont la hideuse et blafarde figure n'exprimait ni colère, ni ressentiment, et qui se remit à rire de si bon cœur, que je ne pus me dispenser de l'imiter par politesse.

— Convaincu d'être vif comme une anguille? repris-je, augurant bien de ces préliminaires de belle humeur.

— Non, de m'avoir vu moi-même hier soir escaladant un mur du passage Sainte-Marie, et sortant d'un rendez-vous galant...

— Chez madame de la Pinsardière? ajoutai-je avec un hochement de tête affirmatif.

— J'en jurerais devant le bon Dieu! dit le cocher qui crut devoir corroborer mon témoignage : demandez plutôt à Fifine, monseigneur!... Fifine, c'est ma jument... La brave bête se souviendra bien qu'elle vous a conduit, et lestement encore...

— Moi? dit Fouché, dont les éclats de rire redoublaient et couvraient les miens.

— Eh ! qui donc ? Nous vous avons conduit, Fifine et moi, à l'entrée de la rue de Poitiers, et vous m'avez donné pour boire à votre santé deux napoléons d'or, à preuve que j'en ai encore un et la monnaie de l'autre.

— Voilà, en vérité, l'aventure la plus divertissante de ma vie : j'ai eu un rendez-vous chez

madame de la Pinsardière : la place était fort
recherchée ce soir-là, et il a fallu m'enfuir en
escaladant un mur... Était-il haut ce mur-là ?

— Dame ! il a bien vingt pieds ! répondit le
cocher, dont le sérieux imperturbable accroissait
notre hilarité.

— Peste ! je suis encore plus ingambe que
je ne croyais ! et j'ai sauté par-dessus ce mur,
de vingt pieds de haut ?

— Pan ! Vous ne vous êtes pas fait prier ! Oh !
vous sautez joliment, monseigneur, malgré
votre diable de paquet...

— Ah ! j'avais un paquet? je ne m'en souve-
nais plus, je serais curieux de savoir ce que
c'était que ce paquet...

— C'était !..... dit le cocher, cherchant des
yeux un objet de comparaison : c'était peut-être
ce grand portefeuille...

Tout cela est fort plaisant, dit Fouché,
qui redevint grave et qui me regarda en fron-
çant le soucil ; mais je serais curieux d'apprendre à présent comment on a pu abuser de la simplicité de cet homme à ce
point...

— Demandez-moi, monseigneur, répondis-je

de ma voix la plus insinuante, comment on peut être trompé par ses yeux...

— Ainsi, vous avez cru que c'était moi, ministre de la police, qui sortais la nuit, par-dessus le mur, de chez une vieille ?... Parbleu ! je désire connaître cet escaladeur de muraille, qui me ressemble tellement...

— Monseigneur, j'ai feint de croire que c'était vous, dis-je en m'approchant de manière à n'être pas entendu de mon indiscret cocher : il s'agissait de fermer la bouche à ce bavard, et vous voyez comme j'y ai réussi.

— Ma foi ! il a gardé très-joliment son secret ; car, ayant été conduit chez le commissaire de police pour cette affaire, qui se rapporte, m'a-t-on dit, à l'enlèvement d'un enfant chez le comte de Saint-Allèze, il a refusé de donner la moindre explication : il a dit que la chose me concernait seul, et qu'il ne parlerait que devant moi. Je ne vous savais pas si habile mystificateur, monsieur Jacob ? Vous surpassez Maton lui-même.

— J'ai l'honneur de vous dire, monseigneur, que je n'ai voulu mystifier personne, mais me ménager ainsi les moyens de poursuivre la

découverte d'un secret qui pouvait intéresser
la sûreté de l'État..

— Un complot?..... Sors, imbécile! ajouta-
t-il tout haut en congédiant le cocher, qui s'attendait à un autre compliment; si tu t'avises
de parler du ministre de la police et de pré-
tendre l'avoir vu sautant par-dessus les murs,
comme un amant ou comme un voleur de nuit,
je t'enverrai finir tes jours à Charenton!

J'étais maître du terrain, et quand nous fûmes seuls, je ne me fis pas scrupule, pour arriver à mon but, de donner carrière à mon
imagination. La vérité toute nue est ordinairement si gauche et si maladroite devant ces in-
trigants blasés qui veulent toujours avoir des
voiles à lever et des mystères à pénétrer! Je
me donnai donc un air et un maintien politiques.

— A nous deux, mon ami! me dit Fouché
avec notre ancienne familiarité de collége :
vous avez une petite conspiration?

—Une grande, repris-je en minaudant. C'est
la queue de celle d'Arena, Cerrachi et Fabio-
Lebrun.

—Voilà une queue qui a longtemps survécu

à la tête ! Je pensais que cette queue-là avait été coupée, il y a deux ans, dans le procès des francs-maçons de Milan et de Savone ? Nous avons fusillé une dizaine de républicains, mais on n'a jamais trouvé le chef, ni celui qui devait assassiner l'Empereur à Milan...

— C'est celui-là que je viens vous dénoncer, monseigneur...

— Ah ! bravo ! voilà un coup de fortune pour vous, mon ami, et la reconnaissance de l'Empereur vous est acquise. Ce chef est-il arrêté ?

— Non, puisqu'il est mort.

— Mort ? répliqua-t-il, piqué et désappointé de cette réponse inattendue. Eh ! que voulez-vous que nous fassions d'un conspirateur mort ?

— Et ses papiers ? ils ne sont pas enterrés avec lui.

— Oh ! c'est différent ; il y a des papiers, dites-vous, très-explicites, très-importants ? Voilà ce qui manque dans toutes mes conspirations. Des conspirateurs, on en a plus qu'on n'en demande : les prisons en regorgent ; mais des papiers, des preuves écrites, des preuves irrécusables, on ne sait où les trouver. Si ces papiers disent quelque chose, j'y attache beaucoup de prix.

— Je les crois des plus curieux. C'est la confession d'un républicain italien qui avait juré la mort de l'Empereur...

— Son nom ?

— Je puis le dire, aujourd'hui que l'homme n'existe plus : Bidaneschi...

— Bidaneschi ! j'ai ce nom-là dans mes listes de conspirateurs ! Le voici, dit-il, ouvrant un registre de noms rangés par ordre alphabétique ; mais aucune note, aucun détail en regard de ce nom... Il a bien fait de mourir de lui-même...

— Après vous avoir dénoncé un conspirateur, il faut que je justifie auprès de vous un bon jeune homme qui n'a jamais conspiré et qui pourtant s'est vu condamné à mort, à la place de Bidaneschi.

— S'il a été condamné à mort et exécuté, que voulez-vous que j'y fasse ?... Mais voyons ces papiers...

— C'est de lui que je les tiens : ils vous démontreront son innocence, et ils vous appren-

dront quel terrible danger a couru l'Empereur !

— A merveille ! ce sont là les papiers qu'il
me faut, et je les aurais fait faire exprès...

—Permettez-moi, monseigneur, dis-je en ne
me pressant pas de les remettre, permettez-moi
de vous raconter le fait en peu de mots. J'ai
connu en Italie un musicien français, nommé
Louis Belin...

—Condamné à Savone en 1807, reprit Fouché
qui feuilletait son registre, détenu dans la forteresse d'Ancône en vertu d'une commutation
de peine, et... Dieu me pardonne ! évadé le mois
dernier. Voilà une mauvaise recommandation
pour lui !

— On voit bien, monseigneur , que vous
n'avez pas été prisonnier dans une forteresse ?
Mais voici qui le recommandera mieux. Arrêté
et jugé comme conspirateur, aux lieu et place
de son ami Bidaneschi, qui avait pu s'enfuir, il
n'aurait eu qu'un mot à dire pour se défendre,
pour changer son arrêt de mort en récompense
civile.

— Eh bien ! pourquoi ne l'a-t-il pas dit, ce
mot ?

— Il eût sacrifié son ami et il eût passé pour un traître : il avait sauvé l'Empereur...

— En écrivant une lettre anonyme pour l'inviter à ne pas venir à Milan où sa vie serait en péril?

— Justement, répondis-je à tout hasard. Cette lettre sauva l'Empereur et fit avorter la la conspiration.

— S'il était venu me trouver alors, je lui aurais donné cent mille écus pour qu'il nommât les conspirateurs.

— Il ne le pouvait alors; d'ailleurs, il ne les connaissait pas, à l'exception de son ami, qu'il a refusé de trahir.

— C'est beau et bête. Mais enfin, que demande-t-il de ces papiers? Vous êtes, je le vois, envoyé par lui en ambassade pour négocier la vente de la succession de feu Bidaneschi; le choix de l'ambassadeur m'agrée infiniment.

— Je me suis chargé de la négociation, monseigneur, parce qu'il y a deux énormes injustices à réparer...

— Deux! On a donc condamné deux faux Bidaneschi, et vous plaidez deux causes à la fois? Voilà des paperasses qui me coûteront cher!

— Lorsque ce cocher a vu un homme escaladant le mur du jardin de l'hôtel de Saint-Allèze...

—Cet homme qu'on a pris pour moi, reprit-il en riant, et qui sortait d'un galant tête à tête avec madame de la Pinsardière?

— C'était ce malheureux proscrit qui avait voulu revoir sa femme et son enfant avant de quitter la France...

— Comment! il est à Paris et il n'a pas été arrêté! Ma police est donc bien mal faite! j'en suis honteux, en vérité!

— Et moi, je me trouvais là pour le voir avant son départ et pour obtenir qu'il me livrât ces papiers...

— Vous les avez donc? dit Fouché, qui se leva et me fouilla sans façon pour les prendre lui-même dans ma poche.

— Monseigneur, je vous en conjure! m'écriai-je, craignant d'avoir livré trop vite le gage de ma négociation. Faites un acte d'équité, que je réclame comme un droit : des lettres de grâce pour Louis Belin, une place de maître des requêtes ou une préfecture pour l'ancien préfet de Savone, le baron de Saint-Allèze.

— Le baron de Saint-Allèze ! répéta le ministre sans discontinuer l'examen qu'il faisait des papiers. Ce sont là des pièces uniques !

— Le baron de Saint-Allèze, beau-frère de Louis Belin, est tombé en disgrâce? ajoutai-je en observant la physionomie du duc d'Otrante, qui ne perdait pas un mot de mon plaidoyer, tout en lisant les manuscrits de Bidaneschi.

— Ce Bidaneschi était un diable incarné... L'Empereur dirait que j'invente cela, si je ne le lui montrais pas écrit !...

— L'Empereur n'a pas de sujet plus dévoué que le baron de Saint-Allèze : ce préfet de Savone a poussé le zèle jusqu'à refuser de déposer en faveur de son beau-frère !

— C'est du Brutus à l'ordre de l'Empire... Au fait, je suis fâché que Bidaneschi soit mort : ç'eût été une très-jolie conspiration. Quel homme de fer ! Mais êtes-vous bien sûr qu'il soit mort ?

— S'il était vivant, monseigneur, on n'eût jamais consenti à me livrer ses papiers.

— Je commence à croire qu'il est réellement

mort, dit-il en sonnant. Je vais aux Tuileries. Votre adresse?

— Monseigneur, votre religion est-elle suffisamment éclairée? dis-je en lui présentant ma carte : vous avez daigné en plusieurs circonstances me témoigner quelque bienveillance et l'envie de m'être utile.

— Ma voiture? dit-il à l'huissier qui entra. M. Jacob, me dit-il ensuite sa main dans la mienne, ma religion, pour me servir de votre langage solennel, est maintenant aussi éclairée qu'elle peut l'être ; je vois dans cette affaire que vous êtes plein de générosité et d'obligeance pour vos amis. N'oubliez pas que je tiens à être aussi le vôtre.

Je me retirai assez triste du résultat de ma démarche et mécontent de n'avoir obtenu aucune promesse positive.

J'aurais voulu pouvoir rentrer chez moi avec une bonne nouvelle. Je quittai le fiacre qui m'avait amené, et je me rendis à pied à l'hôtel de Saint-Allèze pour savoir ce qui s'y passait.

J'étais fort préoccupé et marchais à pas lents, la tête basse, sans prendre garde aux passants

qui me coudoyaient ni aux voitures qui m'é-
claboussaient.

— Gare! gare! cria un cocher de cabriolet,
qui venait à ma rencontre et que je reconnus
comme il m'avait reconnu de loin. Hein! me
dit-il à voix basse, en passant près de moi : il
ne fait pas bon à voir des ministres de la police
escalader les murs? Une autre fois, je ne m'en
vanterai pas. C'est drôle tout de même : hier
soir, il n'avait pas cette vilaine figure d'albi-
nos!...

Je me présentai chez le comte de Saint-Allèze, sous prétexte de m'informer de ce que les
recherches de la police avaient produit.

Le comte arrivait lui-même du ministère où
nous avions failli nous rencontrer face à face,
et il venait de voir sa fille s'abandonner à un
nouveau désespoir, en apprenant que l'on n'a-
vait rien découvert encore.

J'étais censé avoir fait de mon côté quelques
tentatives pour retrouver les traces de l'enfant
et de son ravisseur. Je demandai à être introduit auprès de madame Belin que j'entendais
gémir dans sa chambre.

La bonne de l'enfant, que j'avais soupçonnée

le matin de n'être pas étrangère au fait pour lequel on l'interrogeait, fut chargée de me conduire. Elle me précédait, fort troublée et les yeux remplis de larmes ; elle se tourna vers moi au moment d'entrer chez la pauvre mère.

— Monsieur, ne va-t-on pas nous rendre notre enfant? me dit-elle tout bas. Je suis certaine qu'on ne lui fait pas de mal, mais sa mère...

— Je ne vous entends pas, mademoiselle, répondis-je en rougissant à cette allocution imprévue : est-ce à moi que vous parlez?

— Oui, monsieur; vous avez aidé ce monsieur à enlever cet enfant? je vous ai vu arriver en cabriolet dans le passage Sainte-Marie...

— Moi, mademoiselle! m'écriai-je, troublé de cette accusation que quelqu'un pouvait entendre.

— Oh! monsieur, je vous ai bien vu, quand je suis allée ouvrir la porte du jardin : ce monsieur, que j'attendais, vous a suivi de près...

— Expliquez-vous, mademoiselle; je vous jure que vous êtes dans l'erreur C'est donc vous qui avez aidé l'enlèvement?...

— Moi, monsieur! je ne m'en consolerai

jamais. Ce monsieur, qui avait l'air d'un fort
honnête homme, m'a hier abordée dans la rue
et m'a proposé une grosse somme, — j'ai eu
tort, je l'avoue, d'accepter, — pour voir l'enfant de madame. Il se disait peintre, et voulait
le portrait de cet enfant, comme s'il n'y avait
pas des enfants partout '

— Et vous l'avez reçu en l'absence de madame Belin! c'est par la porte du jardin qu'il
est entré ?...

— Je l'ai laissé un moment avec l'enfant qui
dormait... Il l'avait embrassé en pleurant, et il
le regardait avec des yeux!... Peu de temps
après, la voiture rentra, et quand j'entendis
monsieur le comte crier au voleur, c'était ce
monsieur qui emportait l'enfant...

— Vous avez sans doute des reproches à vous
faire, mademoiselle, mais j'espère encore que
tout s'arrangera... Il me vient une idée; cet
homme n'a peut-être enlevé l'enfant que parce
qu'il était poursuivi; il aura perdu la tête; vous
dites vous-même qu'il avait l'air honnête ?...

— Aussi honnête que vous, monsieur, mais
bien plus jeune; une très-belle figure et une
barbe magnifique...

— Eh bien! il est peut-être fort chagrin et fort embarrassé; il ne demande qu'une occasion de rapporter l'enfant. Cette occasion, il faut la lui offrir. Je suis donc d'avis que ce soir vous alliez ouvrir la porte du jardin; c'est par là qu'il reviendra, s'il doit revenir. Ne le guettez pas surtout, car vous feriez tout manquer; laissez exprès la fenêtre ouverte, le berceau...

— Le berceau? il est encore à la même place. Quel bonheur pour tout le monde, si ce pauvre enfant se retrouvait dans son berceau!

J'entrai chez madame Belin; je lui donnai des consolations et des espérances vagues; cependant, je n'épargnai rien pour la rassurer sur le sort de son enfant : son frère avait eu l'imprudence de lui faire peur des ennemis personnels qu'il pouvait avoir parmi les francs-maçons et les patriotes italiens; elle était convaincue que le malheureux enfant servait de victime à une vengeance politique. Je supposai alors que des passants avaient rencontré le ravisseur, tenant cet enfant et le couvrant de caresses. Suivant un autre témoin, cet homme avait contemplé l'enfant à la clarté

du réverbère, et on l'avait entendu s'écrier :
« Cher petit, je t'aime trop pour vouloir te dé-
rober à ta mère. » Enfin, pour préparer de
longue main la reconnaissance du mari et de
la femme, je mis en avant un troisième témoin
qui aurait entendu ces mots : « Quelle joie
pour un père d'embrasser son enfant pour la
première fois !»

— Eh ! monsieur, dit-elle vivement après
avoir écouté avec une attention silencieuse, ces
paroles ne peuvent s'appliquer à mon fils. J'ai
perdu mon mari depuis plus de deux ans.

— Je sais que M. Louis Belin a été condamné par une cour martiale, et que même le bruit
de sa mort a couru...

— Il est mort ! mort, monsieur ! dit elle en
donnant des larmes à ce souvenir ; rien n'est
plus sûr, hélas !

— Je voudrais que le doute vous fût permis,
madame, et je m'estimerais heureux de pouvoir détruire cette cruelle certitude qui vous
défend d'espérer.....

Cependant, j'ai vu récemment un savant italien, de Savone même...

— Que vous a-t-il dit, monsieur? s'écria-t-

elle avec un mouvement de physionomie inex-
primable.

— Rien de certain, par malheur ; mais il m'a
répété que l'on croyait généralement, à Gênes,
votre mari vivant...

— Vivant ! vivant ! murmura-t-elle, étouffant
à cette idée ; s'il était vrai, s'il était possible !

— Votre mari n'était pas coupable, et l'innocence a tant d'empire sur des juges !

— Et cependant, ils l'ont condamné, monsieur !

— Oui ; mais s'ils ne l'ont pas fait exécuter ?
S'ils l'ont gardé seulement au secret dans une
prison d'État ?

— Ne dites pas cela, monsieur, vous achè-
veriez de me rendre folle !... Mon mari là-bas...
et mon enfant !... Oh ! c'en est trop !

Je me retirai pour laisser germer dans son
esprit les doutes que j'y avais jetés avec assez
d'adresse, et je lui promis de revenir dès que
je découvrirais le moindre indice favorable. Je
retournai chez moi : une dépêche du ministère
de police m'y attendait. J'ouvris le cachet en
tremblant : c'étaient la grâce de Louis Belin et
la nomination du baron de Saint-Allèze à la

p'ace de conseiller d'État. Il y avait en outre un petit paquet renfermant un volume imprimé sur vélin, et relié en espèce de basane, d'une couleur très-désagréable, avec cet envoi : *Au Bibliophile Jacob, curiosité d'amateur, un volume relié en peau humaine.* C'était la Constitution de 1791.

Je me hâtai d'aller porter ces heureuses nouvelles à Louis Belin que ma longue absence commençait à inquiéter. L'enfant, d'ailleurs, ne lui donnait pas de répit : il redemandait sa mère, et poussait des cris féroces qui auraient ameuté les voisins, si ma Thébaïde eût été moins isolée et moins sourde. J'eus le privilége d'imposer tellement à ce pauvre enfant, par ma seule apparition, qu'il se tut et resta immobile comme il avait fait dans l'hôtel de la rue de Poitiers : il me prenait pour l'Empereur, d'après ce que son père lui avait dit de ma colère, et j'étais à ses yeux plus terrible que Croquemitaine. Louis Belin eut beaucoup de peine à entrer dans mes vues et à se prêter au plan que j'avais imaginé. Pourtant, lorsque je lui racontai mon entretien avec sa femme, quand je lui attestai qu'elle croyait réellement l'avoir perdu, il s'attendrit et il détesta davantage son beau-frère. Je ne réussis pas à justifier celui-ci, qui avait contribué, sinon à sa condamnation, du moins à changer sa prison en tombeau et à le faire passer pour mort dans sa famille. Je diminuai pourtant le ressentiment de Louis Belin en lui peignant avec quelle ardeur le baron de Saint-Allèze s'était employé à la recherche de l'enfant de sa sœur ; il mit sur le compte de cette ardeur fraternelle le coup de fusil qu'il avait failli recevoir tout entier et dont quelques plombs seulement lui avaient déchiré la main gauche.

Le soir, à huit heures, nous partîmes pour le dénoûment de cette étrange avanture : Louis Belin m'avait déclaré qu'il se reposait absolument sur moi et qu'il se regardait comme un soldat enrôlé sous mes ordres. L'enfant ne criait pas, grâce à ma présence qui produisait toujours son effet. Nous quittâmes le fiacre qui nous avait amenés jusqu'à la rue de l'Université. J'accompagnai le père et l'enfant dans le passage Sainte-Marie pour m'assurer que la femme de chambre avait, sans le savoir, donné les mains à l'exécution de mon projet. La petite porte était entr'ouverte. Je recommandai à l'enfant d'être bien sage, j'encourageai Louis Belin à me seconder de son mieux et à faire ce qui était convenu. Puis je m'éloignai à la hâte pour me rendre à l'hôtel par la grand'porte. Lorsque j'entrai, le silence qui régnait dans l'hôtel me prouva que j'arrivais à temps et qu'un accident n'était pas venu à la traverse de ma mise en scène. Il fallait s'en rapporter au hasard pour mener à bien cette délicate et difficile péripétie.

Le comte de Saint-Allèze, son fils et sa fille étaient réunis ; ils s'entretenaient tristement de leurs craintes et de leurs espérances. Mon apparition vint en aide à ces dernières. On me demanda de trois côtés à la fois ce que je savais, ce que je venais annoncer. Le retour de l'enfant pouvait être signalé d'une minute à l'autre ; il n'y avait pas le temps de faire d'exorde.

— Monsieur le comte, dis-je brusquement, une lettre d'Italie m'apprend que votre gendre, M. Louis Belin, qui était enfermé dans la citadelle d'Ancône, s'est évadé...

— Mon gendre ! s'écria le comte, tombant en arrière sur son siége.

— Mon mari ! s'écria madame Belin hors

d'elle-même, sanglotant, pleurant, haletant.

Le baron de Saint-Allèze ne fit aucune exclamation, mais il fronça les sourcils et grinça des dents.

— Ce n'est pas tout, ajoutai-je, tirant une lettre : M. Louis Belin a obtenu sa grâce, et les importantes révélations qu'il a faites l'ont mis presque en faveur auprès de l'Empereur : voici la seule récompense qu'il a demandée.

— Ma nomination de conseiller d'État ! s'écria le baron de Saint-Allèze, qui n'en croyait pas ses yeux.

Au même instant, un cri d'enfant se fit entendre ; le cœur d'une mère ne pouvait le méconnaître. Madame Belin répondit à ce cri par un grand cri ; elle s'élança comme une lionne qui court défendre ses petits ; elle alla tout droit au berceau de son fils, elle prit dans ses bras l'enfant qui l'appelait.

— Mon fils ! mon fils ! mon fils ! criait-elle comme une insensée.

Ses yeux voilés de larmes se portèrent au fond de la chambre : elle aperçut son mari ; elle eut encore la force de faire trois pas avant de s'évanouir. Louis Belin serrait sur sa poitrine la mère et l'enfant.

Je voulus moi-même aller fermer la petite porte du jardin ; c'était pour dissimuler et calmer mon émotion. J'aperçus dom Ribier qui prenait le frais à sa fenêtre.

— Bonsoir, mon ami ! lui criai-je, encore ému de la scène que j'avais vue : nous sommes privés de bien douces jouissances, nous autres bibliophiles, qui n'avons ni femmes ni enfants.

—Pourquoi ? répliqua-t-il, étonné et ne comprenant pas. Ce que vous dites là n'a pas rapport à l'origine des cartes à jouer.

FIN DE LA PLUS ROMANESQUE AVENTURE DE MA VIE.

EN VENTE A LA MÊME LIBRAIRIE

OUVRAGES DE M. L'ABBÉ LACAS

ANCIEN PRINCIPAL DE COLLÉGE.

Édition in-12, avec figures et couverture illustré
Prix du volume : **1 franc**

L'échelle du ciel

Avec une table indiquant une lecture pour chaque dimanche e
fête. 1 volume.

Le mois des religieux et des religieuses

Avec une Dévotion à la sainte Vierge. 1 volume.

Le trésor des grâces

Contenant le Chemin de la Croix ; Une Neuvaine en l'honneur
de la Mère Thérèse de Jésus ; L'ordinaire de la Messe,
Vêpres, etc. 1 volume.

Le mois de décembre et le carême.

Ou considérations pou   laque jour de ces temps. 1 volume.

Lettres à Eugénie

Ou avis d'un père à sa fille sur le combat du corps et de l'esprit
1 volume.

Le temple de la gloire

Histoire de deux enfants allant chercher leur père dans les pays
étrangers. 1 volume.

Le mentor de l'homme

Ou l'esprit des Philosophes, des Pères de l'Eglise, des Saintes
Ecritures, etc. 1 volume.

Le sentier du paradis

Traduit de l'italien du père Scupoli. 1 volume.

Poissy. — Typographie Arbieu.

www.ingramcontent.com/pod-product-compliance
Ingram Content Group UK Ltd.
Pitfield, Milton Keynes, MK11 3LW, UK
UKHW022309070726
13614UKWH00002B/635